小学館文庫

桜嵐恋絵巻

雨ひそか

深山くのえ

小学館

目次

登場人物

藤原詞子（ふじわらのことこ）……中納言家の大君。呪われた姫、鬼姫と呼ばれる。

源　雅遠（みなもとのまさとお）……左大臣家の嫡子。無風流と言われる無官の青年。

藤原艶子（ふじわらのつやこ）……詞子の異母妹。

淡路（あわじ）……詞子の女房。

葛　葉（くずのは）……詞子の女房。

源　利雅（みなもとのとしまさ）……雅遠の異母弟。五位蔵人。

藤原国友（ふじわらのくにとも）……中納言。詞子の父。右大臣派。

源　雅兼（みなもとのまさかね）……左大臣。雅遠の父。

兵部卿宮敦時（ひょうぶきょうのみやあつとき）……先の帝の末弟。

安倍保名（あべのやすな）……雅遠の乳兄弟。大膳少進。

瑠璃（るり）……詞子が飼っている黒猫。

玻璃（はり）……詞子が飼っている白黒のぶち猫。

有輔（ありすけ）……詞子の使用人。妻は小鷺（こさぎ）。息子は筆丸（ふでまる）。

爽信（そうしん）……出家した坂川信材（さかがわののぶき）。

爽楽（そうらく）……元は明法博士の老僧。

牛麻呂（うしまろ）……詞子の邸に侵入していた老爺。

朱華（はねず）……牛麻呂と一緒にいた少女。

降り続く雨の音に、琴の音が混じる。

六弦の、少し古い形の和琴をゆっくりと爪弾いていた詞子は、傍らに手枕で寝そべっている雅遠を見た。目を閉じている。……眠ってしまったのだろうか。うたた寝をしているのなら、琴の音は邪魔になる。詞子が手を止めると、雅遠はふっと、瞼を開けた。

「もう終わりか？」

「……お休みではございませんでしたか」

「寝てない。ちゃんと聴いてたぞ」

雅遠はごろりと寝返りを打ち、床に腹ばいになって両手で頬杖をつくと、詞子を見上げた。

「もっと弾け。いい音だ」

「……上手くはありませんから……」

「上手いとか上手くないとか、そんなことはどうでもいい。俺は、そなたが弾いてる琴が聴きたいんだ。桜姫」

この雅遠というひとは、ときどき耳のくすぐったくなるようなことを平気で言う。

詞子はつい目を逸らして、意味もなく小袿の襟を直した。

「では……もう少しだけ……」

「ああ」

再び弾き始めると雅遠は、今度はしっかり目を開けて、詞子の横顔をじっと見つめながら聴いている。

「……あまり、こちらを見ないでください」

「どうして」

「緊張して、間違えそうです」

「間違えても俺にはどう間違えたのかわからないから、大丈夫だぞ」

「……」

遠慮というものを知らない雅遠に言っても無駄だとは、わかっていたが。

雅遠は飽きもせず、こちらを見ている。

詞子はその視線をなるべく意識しないよう、弦だけに目を向け、慎重に手を運んでいた。

いまは二条中納言と呼ばれている父、藤原国友が捨てた恋人――韓藍の女の呪いを受けたため、幼いころから鬼姫と呼ばれ、親からも妹の艶子からも疎まれ、とうとう本邸を追い出された詞子が、女房の淡路、葛葉とともにこの白河の別邸に移ったのは、桜の季節だった。

父と懇意の右大臣の政敵、左大臣 源 雅兼の息子である源雅遠が、偶然見つけたこの別邸に通うようになったのも、同じころ。

その雅遠。……名前のとおり、雅さからは、ほど遠い。

世間の噂も呪いも信じないと言い切って、遠慮も作法も蹴り飛ばし、毎日のように馬を駆り、独り、密かに訪ねてくる。

怖いもの知らずの公達は、名を明かさぬ詞子に桜姫という呼び名をつけ、挙句、とんでもないことを言い出した。

――俺はそなたに、恋をしたんだ。

「どうかしたのか？　桜姫」

「え？　……あ」

いつのまにか、琴を弾く手が止まっていた。……いけない。思い出すと、いまでも顔が熱くなる。

詞子はさりげなく雅遠から顔を背け、琴軋を置いた。

「……すみません。ずいぶん弾いていなかったので、先を忘れてしまいました」

「なんだ、そうなのか。それなら覚えてるのでもいいぞ？」

「いえ……やはり、琴はこのくらいにしましょう」

思い出してしまった言葉に乱れた心を、意志の力で落ち着けて、詞子は雅遠を振り返った。

「わたくし、琴は四つか五つのころに、ほんの少し習ったきりなのです。それからは手遊びにときどき弾いていた程度ですから、本当にお聴かせできるようなものではございません」

「手遊びにしては、いい音だと思うんだがなぁ」

雅遠は残念そうに、唇を尖らせる。

「習ったのは和琴だけなのか？」

「乳母から横笛を……。淡路の母ですが、乳母は笛が得意でしたので」

「じゃあ、笛でもいいぞ。それなら聴かせてくれるか？」

「……」

詞子の困ったような表情を見て、雅遠が頬杖をついたまま、首を傾げる。

「もしかして、笛は嫌いか？」

「嫌いではありませんが……あまり吹く機会もありませんでしたし、雅遠様にお聴かせすることになるとわかっていれば、きちんと練習しておくのだったと……」

「そんな、俺に聴かせるぐらいで改まることなんかないが――」

　雅遠は笑いながら起き上がり、床に座り直した。ここに来る途中で雨に濡れた狩衣を脱いだ代わりに、詞子が紫草の根で染めて縫った半色の単を無造作に着ているその格好は、すっかりくつろいだ様子だ。

「そなたのことだから、嫌いでないなら、まめに練習していそうな気がするけどな」

「それは……」

「やりたくてもやれなかったんですよ、琴も、笛も」

　素っ気ない口調で、葛葉が几帳の後ろから口を出す。詞子がたしなめるように、葛葉――と呼びかけたが、葛葉は構わず続けてしまう。

「二条の本邸では、姫様はあの妹君と御一緒の対の屋にお住まいでしたからね。姫様がちょっとでも琴を弾こうものなら、すぐにうるさいって飛んでくるんですよ。御自分のが下手なくせに」

「……あの中の君か」

「ええ、あの中の君です」

葛葉のみならず雅遠までが、あの、の部分を強調してしまうのは、詞子に対する艶子の冷たい態度を、図らずも目撃しているからである。

「葛葉、おしゃべりが過ぎるわ」

「いままで姫様が、ずっと中の君に遠慮して、お稽古もろくにできなかったのは本当じゃありませんか」

「仕方ないわ。わたくしのことは、あの家では隠されていたのだから……」

消えない呪いを持った恐ろしい娘がいることなど、世間には秘さなくてはならない。二条中納言家では、詞子の存在はほとんど抹殺されていたのだ。琴を弾いたり笛を吹いたりなど、目立つことは嫌がられた。

「でも、ここでは誰も文句は言わないだろ」

「文句は言われませんが、音を立てれば誰かに聞かれてしまうかもしれません。いくら世間で白河には鬼が住んでいると噂されていても、ここがその家だとは、わたくしもあまり知られたくはございませんので……」

ですから――と言って、詞子は庭に面した御簾(みす)のほうを見た。

「今日は、特別です。これだけ降っていれば、琴の音も雨音に紛れるでしょう」

「……そういうことか」

雅遠も立てた膝に顎を乗せて、同じほうへ目を向ける。外はまだ、叩(たた)きつけるような雨が降っていた。

「まさかここまで降っている日に、雅遠様がおいでになるとは思っていませんでしたから、わたくしも油断して、琴など出してきてしまいました」

「だってな、三日だぞ。三日この雨に足止めされたんだ。もういいかげん限界だ」

片膝を抱え、雅遠が唸(うな)る。

独り密かにここへ通っている雅遠は、これまで雨の日に来ることはなかった。牛車(ぎっしゃ)を使わず馬に乗ってくる以上、雨に打たれずにここに来ることはできないからである。ところが長雨の時季になると、今度は晴れの日を待っていてはいつ来られるかわからないと言って、雨の中でも通ってくるようになってしまった。

それでも、さすがにあまり激しく降っているときは、来なかったのだが――

「三日で限界……で、ございますか？」

「どうも、そうらしい。俺はそなたの顔が三日見られないと、何というか、こう……いらいらして落ち着かなくて、機嫌が悪くなるんだ」

冗談かと思ったが、雅遠はいたって真面目な顔をしている。

「……それは……困りますね」

「困りはしないがな。つまり、三日に上げずそなたと逢(あ)えばいいだけのことだ」

「そうは仰(おっしゃ)いましても、今日のような雨のときは……」

「出てきてみれば、どうってこともなかったな。強かろうが弱かろうが、雨に降られれば、それなりに濡れる。それだけだ。――そなたに逢えれば、どうでもいい」

「……」

こういうことを、雅遠は、真顔で言うのだ。……まっすぐな目で。

そんなとき、いつも先に目を逸らしてしまうのは、詞子だった。

逢いたいとか、好き、だとか。

雅遠は、ごく自然に口にするが。

……だって、どんな顔をすればいいのか、わからないわ。

ずっと、自分と関われば災いが降りかかると恐れられてきた。詞子とて、我が身の呪いに誰かを巻きこみたくはない。ましてや、そんな噂をものともせず、それどころか気にするなと言ってくれた雅遠は、絶対に。

災いに巻きこまないためには、関わってはいけない。雅遠を近づけてはいけないのだ。そう思いながら、心はいつも、違う想(おも)いに引きずられる。

本当は、逢いたい。

来てくれると、嬉(うれ)しい。

その笑顔で、言葉で、束(つか)の間(ま)、この宿命を忘れさせてほしい。

それでも――どれだけ深くそう願っても、胸の内を雅遠に告げることはできない。

逢いたいとか。……好きだとか。

同じ言葉は、返せない。

だから迷うのだ。本当の気持ちを押し隠して、返せない言葉を受け止めるとき、どんな顔をすればいいのか。

嬉しい顔をしては、まるで気持ちを隠せていないようだ。だからといって、怒るのはおかしいし、笑うことでもなし――

「桜姫」

呼びかけられて、はっと振り向くと、雅遠は怪訝な表情をしている。

「俺はそんなに考えこむようなことを言ったか？」

「あ……いえ……」

「それで、笛は聴かせてくれるのか？」

「笛――は、はい。あ、淡路、笛を持ってきて。琴はしまっていいから……」

詞子は慌てて、几帳の向こうに声をかけた。

結局自分は、いま、どんな顔をしていたのだろう――

……ああいうところは、相変わらずだな。

四条にある左大臣邸に戻った雅遠は、雨に湿って重くなった狩衣をぞんざいに脱ぎ捨てながら、軽くため息をついた。

桜姫のことである。

出会ったのは桜のとき。恋心を自覚したのは季節も夏に移り変わろうかというころで、自覚したその夜に、桜姫には想いを伝えた。

そもそも自分は、恋愛下手だ。歌が苦手で、恋歌のひとつすら詠めない。世の娘たちが望むような優雅さは、砂粒ほども持ち合わせていない。それ以前に、そもそも顔も知らない相手に恋などできない。

初めて会ったときに見た、桜姫の姿。満開の枝垂れ桜の下、長い髪、黒目がちの瞳、白い頬、桜色の唇——

それらをひと言で表わすなら、ただ可愛らしいと言えばいいのだと、そんなことすら知らなかった。……逢いたい。逢って言葉を交わしたい。共に時を過ごしたい。そして、抱きしめたいと思うこと、それが恋心だということも。

桜姫は、恋歌など求めない。来るなとは言わないでくれと頼んだら、それ以後は、黙って来訪を認めてくれている。ときに触れたくなって伸ばす手を、あえて拒まれたこともない。

それなのに、笑顔だけが、なかなか得られない。

逢いたいとか、好きだとか。

いくら告げても、見せられるのは困ったような表情だけ。

双六（すごろく）で遊んでいるときや、絵を描いてやっているときのほうが、よほど穏やかな顔を見せてくれるとあっては——この気持ちをどうしてくれようか。

……まさか、本当に困ってるとかいうんじゃないだろうな？

あまりにいつも困惑されているので、最近では、もしや実は嫌われているのではないかと、ちょっと落ちこみそうになってしまう。

……いや、嫌われてはいない！

本心を打ち明けてくれることは少ないが、言うべきことは言う姫君だ。本当に嫌なら、はっきりそう言うだろうし、手を振り払いもしよう。

嫌われてはいないはずだ。雅遠は思わず拳を握りしめ、大きくうなずいた。

「お独りで何をやってらっしゃるんですか……」

背後から聞こえた心底呆（あき）れたといった口調に、雅遠は慌てて背筋を伸ばして振り返った。

「何だ保名（やすな）、帰ってたのか……」

「とっくに帰ってます」

口調と同じく呆れた顔を隠そうともしていないのは、雅遠の乳兄弟（ちきょうだい）、保名である。

髪も衣もぐっしょりと濡れ、しかも水を絞りもしないで部屋に上がったまま、ぼんやり突っ立っている雅遠を、保名は冷ややかに見据えた。

「また雨の中を遠乗りに行きましたね」

「行きたかったからな」

「いったいどこへ行ってるんです？　まさか一日中、雨に打たれて馬で駆けまわっていたわけじゃないですよね？」

「そんな日もある」

「またそうやって言い逃れしようとしてますね」

「どこがだ」

保名の剣呑な眼差しから顔を背けて、雅遠は濡れた狩衣を伏籠に引っ掛け、さらに脱いだ単で雨粒が滴る頭をぞんざいに拭った。

雨中を白河に行けば、出迎えた桜姫がすぐに頭や衣を拭く布を持ってきてくれるし、あまりに衣が湿っていれば、替えの単も用意してくれる。だが、四条の自邸に帰ったところで、女房たちは誰一人として出迎えはしないし、着替えを手伝うわけでもない。

腹違いの弟に差をつけられ、出世の見こみなしと判じられた雅遠を、いつのころからか、女房たちも蔑みの目で見るようになっていた。それが嫌で、雅遠は自分の身のまわりの世話をするのが仕事であるはずの女房たちまで、遠ざけるようになっていたのだ。

いまでは女房たちのほうでも、主がずぶ濡れで帰ってきても、手を出さなくなっている。後で濡れた衣を乾かしておく程度だ。雅遠も、それで構わなかった。周りでやかましくされるより、ほうっておかれるほうが気楽だ。

……あっちに行けば、桜姫が世話してくれるからな。

雅遠は、これだけは女房らが用意して置いてあった新しい二藍の単に手早く着替え、畳に腰を下ろした。

保名は、まだ胡乱な目で雅遠を見ている。

「そんなにじろじろ見たところで、何もないぞ。雨の中を遠乗りに行ったくらいで、何だっていうんだ？」

「普通、雨の日に遠乗りなどしません」

「普通はな。しかし、雨の中でも難なく馬を乗りこなせれば、乗馬の腕も上がる」

「……そんなことのために、わざわざ雨の中をお出かけになってるんですか？」

保名はますます呆れた表情になった。

「腕を上げるのは結構ですが、度が過ぎれば、また世間から何を言われるかわかりませんよ。それでなくとも、近ごろでは御友人方に、雅遠様は遠乗りばかりで、馬と結婚するのかとからかわれておいでなんですから……」

　そうだった。以前は蹴鞠（けまり）や仲間内のちょっとした宴（うたげ）に誘われればすぐ出かけていったものだが、最近は白河に入り浸（びた）っているため、友人らが訪ねてきても、雅遠は大概、不在にしていたのだ。

　雅遠は脇息（きょうそく）にもたれ、面倒くさそうに返事をした。

「世間なんか、いつも勝手なもんだ。好きに言わせておけ」

「ですが」

「保名」

　鋭い目を向けられ、保名は渋々、口をつぐむ。

「俺は世間ってものが嫌いだ。本当のことなど何も知らないくせに、誰がしゃべったかもわからん噂を聞きかじっては、さも真実を知っているような顔をする」

「……」

「もっとも、俺の出来の悪さは、噂以前に本当のことだがな」

　自嘲気味に言った雅遠に、保名は深く息をついた。

「……どちらにお出かけされるにしても、どうか、くれぐれもお気をつけください。ここのところ、厄介な盗賊が出没しているそうですので……」

「盗賊？」

「前（さき）の大宰大弐（だざいのだいに）や甲斐守（かいのかみ）、その他にも幾（いく）つかの家に、同じ輩（やから）と思われる盗賊が現れ、金品や家財を強奪していくのだそうです。それもずいぶん手荒な連中のようで、自分たちを捕らえようとした家人(けにん)を斬って逃げたとか……」

「受領(ずりょう)狙いか。金の在処(ありか)をよく知ってるな」

「ですが、一昨日は平宰相(たいらのさいしょう)の屋敷も押し入られたそうですよ」

「平宰相なら、いまは参議(さんぎ)だが、何度も国守(くにのかみ)をやってる。当然貯(た)めこんでるんだろ」

国司(こくし)の長官である国守は、地位こそそれほど高くないものの、収入がいいということで、人気職である。任国(にんごく)に上下はあるが、地方官としての権限は強く、一度でも国守を務めれば、ひと財産作ることができると言われていた。——ただし、清廉潔白、真面目に任を全(まっと)うしていれば、それほど財を得られるはずがないのだが。

「しかし、手向かえば斬るというのは、確かに厄介だな」

「昼夜問わず押し入ってくるというのも、厄介ですよ」

「昼間もか？」

「主に夜ですが、昼間、雨が降って暗い日に襲われた家もあったそうです。人数は三、四人と少ないのですが、何しろ素早い連中で、あっというまに入ってきて、あっというまに物を盗(と)って去っていくもので、検非違使(けびいし)の到着も間に合わず、結局いつも取り逃がしてしまうのだと……」

「ふーん……」

相槌を打ちながら、雅遠はぐるりと部屋の中を見まわした。仮に盗賊に押し入られたとして、やすやすと物を盗まれるのも癪に障るが、盗まれてしまったとしても、それほど惜しいものはない。

「ま、うちもせいぜい、気をつけるんだな。それなりに金はあることだし」

「それなりどころではありません……」

人臣の最高位、左大臣家である。

「……けど、うちはな。何かあっても、人も多いことだし……」

それより白河が心配だ。桜姫とて、中納言家の姫君である。あの家に値の張るものがあるようにも見えないが、盗賊がそれを承知しているとは限らない。

雅遠は、上げたままの格子から覗く空を見上げた。

まだ、長雨の時季が終わる気配はない。

＊＊　　＊＊　　＊＊

はぐらかされ続けて、もうどれくらいになるか——保名は独り、頭を抱えていた。

自分の乳兄弟であり主でもある雅遠が、世間から相当ずれた公達であることは、重々承知している。

何しろ子供のころから、頭を使うより体を動かすほうが得意だった。勉強はそれなりにやっていたのだが、いつしか机に向かわなくなったのも、やはり乗馬や蹴鞠のほうが好きだったからだろう。それはそれで貴族のたしなみのうちだが、そればかりでも困るのだ。特に雅遠は、左大臣の息子なのだから。

自分でさえ、左大臣の引き立てで大膳少進（だいぜんしょうじょう）の役職に就いているというのに、雅遠はいまだ、無位無官のまま。このままでは、異母弟の利雅（としまさ）に跡継ぎの座を奪われてしまうかもしれない。この状況に誰よりも危機感を持たなくてはならない当の雅遠は、連日、馬を駆ってどこかへ消えてしまう。

のん気すぎる。少なくとも保名には、そうとしか見えなかった。

ところが近ごろ、のん気だけでは済まない事態になってきた。――雅遠が、雨が降っていても遠乗りに出かけるようになっているのだ。

いくら遠乗りが好きでも、これまで、それほど頻繁に馬に乗っていたわけではなかった。それが今年になって――いや、正確には春の終わりごろから、急に毎日のように出かけるようになり、挙句、ずぶ濡れで帰ってくるようになっている。

これはおかしい。女房家人たちは、雅遠が好き勝手にしているのはいつものことだと気にもしていないが、保名には、雅遠が遠乗りを口実に、どこかに目的を持って出かけているようにしか見えなかった。

……けど、どこへ？

遊ぶ友人ならだいたい決まっているが、保名も知っている公達と会っているわけではなさそうだ。それなら雅遠が口を閉ざす理由はない。

そう。雅遠は、隠している。

乳兄弟である自分にまで隠さなくてはならない、いったいどこへ行っているというのか。そして、行き先で誰かと会っているとしたら、それは誰なのか。

……女のところ？

真っ先に浮かぶ推測に、しかし保名は、つい首を横に振ってしまう。

何しろ、あの雅遠である。

歌が詠めず、風流を知らず、女の家に狩衣姿で出かけてしまうような雅遠である。

保名は知っている。——雅遠が、恋歌が作れなくて、友人である兵部卿宮に代作を頼み、しかもその代作を何人もの女に使いまわしたり、滅多に手に入らないような珍しい贈り物が欲しいとねだられて、箱の中いっぱいに鈴虫や松虫を詰めて贈り、女を卒倒させたり、顔も知らない相手に恋などできるかと言い張り、無理やり御簾の内に入ろうとして、その家の女房らにさんざん罵倒され追い返されたりしてきたことを。

世間並みの女なら、十中八九、相手にしない。

それに、雅遠が出かけているのは、いつも昼間である。道に迷ってどこかで夜明か

しした と、何度か言っていたことはあるが、ほとんど日暮れ時には帰ってくる。女のところに行っているなら、泊まってくるはずだ。

いったい、雅遠はどこで何をしているのか。

最近、雅遠の様子が少し違っているのも気になっていた。部屋で暇そうにしているのはいつものことだが、ときおり何か、物思いにふけっているような——そんなときの雅遠の顔は、まるで雅遠らしくない、保名の知らない別人に見えるのだ。

……確かめよう。

教えてくれないのなら、後をつけてでも調べなくては。のん気な乳兄弟の身に、何かあってからでは遅い。

雅遠の後ろ姿を見つめながら、保名は密かに決意していた。

＊＊　＊＊　＊＊

翌朝は曇天ながら雨は降っておらず、雅遠は当然、馬に乗って四条の屋敷を出た。

本来なら、すぐにでも白河へ向かうところだが。

……どうするかな。

雅遠は馬上で、軽く舌打ちした。

尾行されているのだ。

最近、保名の様子がおかしいのには、気づいていた。実の兄弟より長い付き合いだ。自分以上に隠し事が下手なことは、よく知っている。

今朝も素振りがおかしいと思えば、こういうことだったらしい。

……俺がどこに行くか言わないから、とうとう後をつけることにしたか。

見通しのいい道を走れば、どちらへ向かっているかわかってしまう。しかし細い道は、馬で入るのは難しい。

目の隅に、保名が小走りでついてきては塀の陰に隠れるのが見える。あれで気づかれていないと思っているのか。

なかなか走らせようとしない雅遠に、愛馬の玄武（げんぶ）が途惑（とまど）うように首を振った。

「……」

天を仰ぐと、鈍色（にびいろ）の雲が東へと流れていく。湿った匂い。いまにも降り出しそうだ。いっそ降ってくれれば、保名もあきらめて帰るだろうか。

そんなことを考えているうちに、三条大橋のたもとまで来てしまっていた。ここで鴨川（かもがわ）を渡るか、白河の別邸に一番近い二条の橋を渡るか迷っているところを、後ろから徒歩（かち）の僧侶が追い越していく。

「あ」

橋を渡ろうとするその若い僧を、何げなく目で追っていた雅遠は、つい声を上げていた。それに気づいたのか、僧侶も雅遠を振り返った。

「……あ」

「やっぱり――」

見たことのある顔だった。もっとも会ったのは一度きり、そしてそのときには、この男にはまだ髪があり、僧衣姿でもなかったのだが。

「久しぶりだな。……坂川信材」

かつて桜姫の妹、二条中納言の中の君に恋をしたが、つれない仕打ちに思い余って雷雨の夜に中の君をさらおうとし、桜姫に阻止された、雅楽寮の使部だ。桜姫が鬼を呼んだと誤解され、二条の本邸を追い出されて白河に移るきっかけを作った張本人だが、雅遠からその話を聞かされ、己の罪を悔いてその場で髪を切っている。

「これは……いつぞやは」

深々と頭を下げた僧形の信材に、雅遠も馬から降りた。

「元気か。本当に出家したんだな」

「ああ。あのときは本当に世話になった」

「俺は別に何もしてない」

「いや。……あれ以上の罪を重ねずに済んだ」

中の君への未練を吐露していた信材である。もしかしたら、再びあの姫君をさらおうと試みていたかもしれない。……もっとも雅遠にしてみれば、よくあんな女を好きになったものだと、その点はいまだに不思議でならないわけだが。

「いまは、どうしてるんだ？」

「亡き父の縁で、この先の庵にお住まいの爽楽という御坊のもとで厄介になっている」

「この先……川の向こうか？」

「ああ。いま帰るところだった」

目の隅に、物陰に隠れてこちらをうかがっている保名の姿が映る。

そうだ——

雅遠は信材の、墨染めの衣の肩を掴み、声をひそめた。

「すまん、信材。……ちょっと助けてくれ」

「は？」

「実は内密に行きたいところがあるんだが、家の者が尾行してきてる。その御坊の庵と方角が同じなんだ。誤魔化すために少しの間、寄らせてくれないか」

「それは……構わんが……」

信材は少し途惑ったように、首の後ろに手をやった。

「しかし、それならひとつ尋ねたいことがある」

「何だ」

「そなたの素性だ。身なりは良いから怪しい者でもなかろうが、得体の知れぬ者を爽楽どのの庵に入れるわけにもいかぬ。あのときは正体を探るなと言われて納得したが、今度はそうはいかぬぞ」

「……あー……」

雅遠はため息をつき、手のひらで額を打った。信材の言うことには一理ある。

「信材、口は堅いか」

「そなたが偽りなく素性を明かしてくれるなら、もはや俗世から離れた身だ、必要もないことは他言しない」

「信じるぞ。……俺は源雅遠。左大臣源雅兼の息子だ」

さすがに信材は、目を見開いた。痩せぎすなところは相変わらずで、それで目を大きく開けるとやけに目玉が浮いて見える。

「それは……御無礼を」

「よしてくれ。父がうまく出世しただけで俺は無位無官だ。偉くも何ともない」

腰を折ろうとする信材を制して、雅遠は苦い顔をした。正体を明かしたくなかったのは、いまはまだ桜姫との関わりを隠しておくためだが、もうひとつ、こういう反応をされるのが面倒だったというのもある。親の威光は、不出来な息子にはかえってわずらわしいものだ。

「で、正体を明かしたから、俺に寄らせてもらえるか？」

「御案内いたします」

「急にかしこまらないでくれ。だいたいおまえのが年上じゃないのか？」

雅遠は愛馬の手綱を引きながら、信材について橋を渡った。このところの雨で川は水かさを増し、濁った流れが勢いよく駆け抜けていく。

「しかし、左大臣の御子息を前に、かしこまるなとは、かえって難しいことです」

「俗世を離れたと言うなら、俗世の身分などほうっておけばいいだろ」

「……変わった御仁ですな」

「よく言われる」

信材はしばらく黙っていたが、やがて、くくっと喉を鳴らして笑った。

「何だ？」

「いや。……そういうことですか。なるほど、貴殿が左大臣の御子息だというなら、それで合点がいきました。確かに正体は明かせませぬな」

「あ？」

「左大臣と右大臣が権力を争って不仲だということぐらい、この都にいれば子供でも知っております。その左大臣の御子息が、右大臣と昵懇の二条中納言の姫君のために、私のようなただの使部ふぜいに頭を下げたなど、世の人々は信じますまい」

「……」

思わず信材の横顔をにらむと、信材は声を抑えながらも、さらに愉快そうに笑う。

「ああ、そうでしたな。その姫君のこととなると、貴殿は怖い顔になられる」

振り向いた信材の表情には、あのときのような暗い影はなかった。

「出家してから、噂に聞いたことがあります。白河には鬼姫と呼ばれる姫君が住んでいて、それは二条中納言の娘御だと」

「……大君だ」

「では、中の君の姉君でいらしたか」

うなずいて、信材は穏やかに言った。

「同じ二条中納言の姫君でも、貴殿の恋した姫君は大変な相手だったのですな」

――すっかり気づいていたのだ、信材は。おそらく、雅遠本人より先に。

雅遠は苦笑して、空を仰ぎ見た。

「おまえほどじゃないと思うけどな」

「私はもはや、終わったことですから。……ところで」

信材は馬を見上げるふりをして、さりげなく視線を背後に向けた。

「尾行しているというのは、あの浅葱の水干の方ですか」

「乳兄弟にまで隠しておいでとは、ますます大変ですな」

信材に案内されながらしばらく歩き、芝草や竹で鬱蒼とした小道を抜けると、古びた庵が見えてくる。

「こちらです。馬は、どうぞ、そのあたりに。――爽楽様、ただいま戻りました」

奥から、爽信か、という返事があった。

「そう……？」

「爽信です。いまはそう名乗っておりますので、どうぞ爽信とお呼びください」

信材――爽信に促されるまま、雅遠も庵に上がる。雅遠の背丈には、ずいぶん天井が低く思えたものの、庵の中は奥行きがあり、意外に広かった。

「お？　何だ、客か」

奥の間から出てきたのは、七十歳近くではないかと見える、小柄な老僧だった。しかし足取りはきびきびとしており、雅遠を物珍しそうに眺める表情は、子供のようである。

「突然お邪魔して申し訳ない。源雅遠と申します」

「おお、何だ、左府の子か」

名前だけであっさりと正体を看破されて、思わず雅遠と爽信は顔を見合わせた。

「別に驚くことはない。わしだって昔は官人だった。いまでも職に就いとる友人もおるしな。そのくらいは知っとる」

「爽楽様は、元の名を中原教常様と仰り、かつて明法博士を務めておいででした」

「明法博士……」

爽信に説明されて、雅遠は納得した。部屋の中には、あちこちに書物や巻物がうずたかく積まれているのだ。

「なるほど、中原家といえば明法道と明経道の大家、出家されても勉学は忘れないということですか」

「そんなことはない。わしと同じように仏道に入った昔馴染みどもが、古い書物の置き場所がないから預かってくれとか何とか言って、置いていきよっただけだ。おかげで算道や文章道のまである。欲しけりゃくれてやるぞ、若いの」

「はぁ……」

どうやら爽信とは違って、こちらは身分に臆することはないらしい。

埃を被った書物の山を眺めていると、一番上にあった書が目に留まった。『中家要集』。……どこかで聞いたような。

「あ。利雅が……」

「何だ。本当に欲しいもんがあったか？」

「あー、うちの出来のいい弟が、話に聞いて欲しがっていたものだと思います。確か、中原家が子孫のために書き残した、素晴らしい明法道の書だとか……」

「そうすると、おまえさんが噂の出来の悪いほうの兄か」

事もなげにそう言って、爽楽はくすんだ藍色の表紙の書を取り上げ、無造作に息で埃を吹いた。前にいた気の毒な爽信が咳きこむ。どうやら爽楽は、自分以上に粗雑な性質のようだと思えば、雅遠も気楽になる。

「ええ、ま、出来が悪いもんで、俺は秘伝の書物にも興味がないんですが、そんなにいい書物ですか、それは」

「そりゃあ、比類なき素晴らしい書物だぞ。何しろ、わしが書いたんだからな」

「……御坊の書ですか……」

何だか、一気に値打ちが下がった気がする。

あからさまに落胆した顔をしてしまった雅遠を、面白そうに眺め、爽楽はにやりと笑った。前歯が欠けている。

「そんなにがっかりするんなら、この書はおまえさんにくれてやる。これはな、確かにわしが子供のために書いたもんだが、あいにくわしの子供は出来がよすぎてな、こんな簡単な書はいらんと言うから、わしが持っておった。これなら出来の悪いおまえさんにも読めるかもしれんぞ」

「……素晴らしくて秘伝になったんじゃなくて、簡単すぎただけですか」

やはり、噂などこんなものだ。雅遠はため息をついて、爽楽から書物を受け取った。

「ところでおまえさん、何しに来た」

「はぁ。……とある姫君のところに密かに通っているんですが、家の者に気づかれて後をつけられましたので、ここに逃げこんできました」

「何だ、だったら女が待っとるんだろう。早く行ってやらんか。この奥の裏庭から道に抜けられるぞ」

「あ、では、私が馬を裏へまわしましょう」

爽信がすぐに立ち上がり、爽楽はそちらだと隣りの間を指さす。

「助かりました。上げていただいたうえ、書物までいただき、御礼申し上げます」

頭を下げた雅遠に、爽楽は一瞬面食らったような表情をしたが、すぐに欠けた歯を見せて豪快に笑った。

「なに、左府の子に貸しを作っておけるのは悪くない。今度また寄れ。ただし手土産(てみやげ)を忘れるなよ」

「……また通り抜けさせてもらいますよ」

爽信が玄武の手綱を引くのに苦心しているのが見えて、雅遠は慌てて裏庭へ走った。

「……というわけで、今日は遅くなった」

言うほど遅くはない来訪だったが、雅遠は少し疲れた様子で、大きく息をついた。

「やはり、乳母子の方も心配なのでしょう。雨の中を毎日お出かけされていれば……」

「気にしてるのはあいつぐらいなんだがな」

詞子にしてみれば、雅遠が連日雨も構わず通ってきていながら、いまだ乳母子一人に行き先を怪しまれている程度で済んでいることのほうが、不思議でならない。

雅遠自身は、親や妹とは別の対の屋で暮らしており、自分はもともと遠乗りが趣味なので、いつ出かけても、女房家人の誰も気には留めていないから大丈夫だと言っているが。

……でも、こんなことが長く続けられるはずがないわ……。

いつかは世間に知れてしまうかもしれない。左大臣——雅遠の父の耳にも入ってしまったら、間違いなく、ここに来ることを止められるだろう。それがわかっているから、雅遠も慎重になっているのだ。

うつむいてしまった詞子の顔を、雅遠が身を屈めて覗きこみ、にっと笑った。

「けど、ま、案ずることはないぞ。気づいてるとしても保名だけだし、それだって、爽信に話を合わせてくれるように頼んである。——ああ、そういえば、前に、遠乗りの途中で道に迷って坊さんの庵に泊めてもらったと、誤魔化したことがあったんだ。嘘から真が出たな」

「そのようなこと……御坊様の御迷惑にはなりませんか」

「爽信なら顔馴染みだし、爽楽というのも面白そうな坊さんだったぞ。そうだ、書物をもらったんだが、ここで預かってくれないか。家に置いておいても、どうせ読む気も起きないだろうしな」

そう言って、雅遠は古そうな書物を文机の上に放り投げてしまう。

「そんなところへ……ちゃんとしまっておきませんと」

「後でな」

雅遠は頭の下で腕を組み、床に仰向けに寝そべった。ちょうど詞子の膝元に座ろうとしていた黒猫の瑠璃が、場所を追われて不満げに唸り声を上げる。

「にらむな、瑠璃。おまえはいつでも桜姫の側で昼寝ができるだろ。ちょっとは俺に譲れ」

「雅遠様……」

唇を尖らせる雅遠に、詞子は苦笑した。雅遠は、たまに本気で猫と喧嘩する。

「床が冷たくはございませんか。せめて茵をお使いくださいませ」

「このままでいい。——なぁ、琴か笛を聴かせてくれないか」

「雨が降ってきた」

御簾の内から外を見ると、確かにちょうど降り出してきたところだった。大粒の雨が、みるみる庭の土を湿らせていく。

「雨が降れば、聴かせてくれるんだったな？」

「え……ええ」

いざやってみれば、やはり練習不足は明らかなのだが、期待に満ちた目を向けられては、嫌だとは言えなかった。断れば、きっとがっかりした顔をするのだろう。

「では……笛でよろしいですか？」

「そなたの好きなほうでいい」

詞子が几帳の向こうに声をかけると、淡路が横笛を持ってきた。白黒ぶち猫の玻璃（はり）も一緒についてきて、雅遠の隣りにのっそりと寝そべる。

「名のとおりの音が出せればよいのですが――」

「名？」

「この笛の名前です。『雨月（うげつ）』といいます」

「じゃあ、あの琴は？」

「『玉歩（ぎょくほ）』です。音色が貴人の足音のように優雅だと……。わたくしが弾いても、そのような音は出せませんが」

「そなたが名付けたのか？」

「いいえ、まさか……。わたくしの祖父です。これはもともと、祖父から譲られたものですから」

「確か、そなたの祖父は前の中務卿宮だったな。この屋敷といい楽器といい、孫娘といい、いろいろといいものを持っておられたんだなー」

「……孫娘は、余計です」

雅遠は声を上げて笑い、手枕で横向きに姿勢を変えた。

「笛は『雨月』か。なるほどな」

「はい？」

「昨日聴かせてくれただろ。やわらかい、いい音だった。小雨で煙った月の光みたいな音だと思えば、その名前にも納得だ。——もっとも、そなたの音は、そんなに冷たくなかったけどな」

「……」

詞子は、ゆっくりと目を瞬かせた。

……この方は……。

「吹かないのか？」

「あ……はい」

背筋を伸ばし、歌口に唇を当て、軽く目を閉じる。

胸の内で数を数えて、少し騒いでいた心を落ち着かせ、詞子は、静かに息を吹きこんだ。

細い笛の音が、叩きつける雨の音に紛れる。

知っている曲はさほど多くない。指の運びを思い出しつつ、詞子は丁寧に吹いた。

吹き終えて目を開けると、さっきまで横になっていた雅遠が、いつのまにか起き上がり、詞子の顔をじっと見つめていた。

「……何でしょう？」

「うん。……いや」

口ごもった返事をして、雅遠が、手を伸ばしてくる。

指先が、詞子の下唇に触れた。

どうかしたかともう一度尋ねようと、口をわずかに開きかけたまま、詞子は、動けなくなってしまう。

からかう素振りでもなく——むしろ何かを考えこんでいるような、そんな表情で、雅遠はひと言も発せられない詞子の唇を、指先でなぞっている。

わけもわからず、目も逸らせず、ただ、胸が壊れそうなほどに痛い。

過ぎた途惑いが怯えに変わりかけたとき、眠っていた玻璃が、うう、と鳴いた。

その途端、雅遠が我に返ったように、はっと手を引いた。

「あ、いや。……すまない」

「……あの……？」

ようやく出せた声でそれだけ訊くと、雅遠は決まり悪げに視線をさまよわせ、首の後ろを掻いている。

「別に、何も……あー、その……どうやったら、そんないい音が出るのかと……」

「え……？」

「いや、あのな、俺は楽器も苦手だから……」

「……」

吹き方が気になったということか。詞子は思わず、ほっと息をつく。

「驚きました……」

「ああ、うん、悪かった」

「……吹いてみますか？」

横笛を差し出すと、雅遠は世にも情けない顔をした。

「だから、苦手なんだって」

「雅遠様でしたら、一度は習ったこともおありでしょう」

「もちろん習わされたさ。笛も琴も琵琶も」

「ひととおり習われて、でも面白くなくて、おやめになってしまわれたのでは？」

「……」

当たり、らしい。雅遠はふくれっつらで横を向いてしまう。

その顔がおかしくて、詞子がくすりと笑いを漏らすと、雅遠は即座に振り返った。

「何度も練習しなくては、できるようにはなりませんよ？」

「……そんなことはわかってる」

しかし蹴鞠や乗馬のようには面白く思えなかったのだと、何やら複雑な表情で雅遠が言う。

「好き嫌いは人それぞれですが、少し残念ですね」

「うん？」

「わたくし、得手なのは笛ですが、好きなのは琴のほうなのです。雅遠様が楽器をお好きでしたら、琴を教えていただけましたのに」

「あー……俺は琴が一番苦手だった。まだ笛のがましだったくらいだからな……」

指の運びが覚えられないのだと、口の中でぼやいているところを見ると、よほど苦労したのだろう。それで吹いてみないかと誘うのは、気の毒かもしれないが。

……でも、ちょっと、見てみたいわ。

ここにいるときの雅遠は、いつもくつろいだ格好をしている。そのことに特に不満はないし、むしろくつろいでくれているのは嬉しいことではあるが、たまにはきちんとした姿というのも、見たくなるものだ。

雅遠の立ち姿は美しい。口にしたことはないが、詞子はいつも、そう思っていた。初めて会ったあのときも、満開の桜の下、ただそこに立っていただけなのに、雅遠の姿は心に強く縫い止められた。その場では、見知らぬ人と顔を合わせてしまった驚きと恥ずかしさばかりだったが、時が経(た)つにつれ、雅遠の姿だけが鮮やかな、大切な思い出に変わっていた。

雅遠ならば、笛を吹く姿も、きっと美しいのではないかと――

詞子はそっと、雅遠の手を取った。

「……桜姫？」

大きな手。……それから、やさしい手。

雅遠の手に笛を握らせ、詞子は小首を傾げて微笑(ほほえ)んだ。

「少しだけ――」

「吹いてみませんか。音を出すだけでも……」

何か言いかけるように、雅遠は口を開いて息を吸いこんだが、そのまま困ったように眉を下げ、持たされた笛と詞子の顔を交互に眺めて、吸った息を吐き出した。

「……音が出せるかどうか、わからないからな？」

「はい」

もうひとつ軽く息をつき、座ったまま背筋を伸ばして、雅遠が横笛を構える。表情はやや硬いが、習ったことがあるだけはあって、姿勢は正確だった。

少し間をおいて、雅遠は吹き始めた。息が震え、言ったとおりかすれた音しか出なかったが、それでもどうにか思い出したのか、何かの曲の最初の旋律が奏でられる。しかしそれもわずかのことで、雅遠の指は、すぐに止まってしまった。

「……駄目だ。あとは忘れた……」

雅遠は笛を下ろし、がっくりと肩を落としたが。

「やはり……」

「な？　やっぱり俺には無理だろ？」

「いいえ。やはり素晴らしいです」

「……へ？」

「きっと雅遠様は、笛がお似合いだと思いました。そのとおりでした」

「は……？」

詞子は思わず声を弾ませてしまったが、雅遠は目を丸くし、瑠璃までが柱の陰から顔だけ出して、不服そうに鼻を鳴らす。

「に、似合うのか？　笛が？」

「はい」

　さらに几帳の裏から、どこが……？　という葛葉のつぶやきも聞こえた気がしたが、詞子はにっこり笑って、雅遠のすぐ脇へ膝を進めた。

「もう少し、吹いてみませんか？」

「あ？　あ、ああ」

「構えは完璧です。あとは息の吹きこみ方だけですね。たぶん、気負い過ぎていらっしゃるだけですから、もうちょっと楽になさっていただければ」

「……な、なんか楽しそうだな？」

　雅遠は面食らった様子だったが、それでも笛を構えてくれる。

「えーと……楽に吹けばいいのか？　昔、習ったときに、息の吹きこみが強すぎるって言われたんだが……」

「それでむしろ、抑え気味になってしまっていませんでした？　普通に、そう——」

　ひとつ咳払い（せきばらい）をし、ちらと詞子を見て、それから雅遠は、歌口に唇をつけ、おもむろに息を吹いた。今度は震えることなくまっすぐに、澄んだ一音が流れる。

「……出た」

「ほら……！」

詞子が手を叩いて喜ぶと、雅遠は一瞬目を見張り、すぐに再び笛を構え直した。

「あー……と、じゃあ、次を教えてくれ」

「え？」

「やってみるから」

何故か知らないが、急に気合いが入ったようで、雅遠が真剣な顔つきでうなずく。

「あ、では……いまの曲の指運びを、初めからゆっくりと……」

「おお」

返事をして、雅遠は、ふと詞子を見た。

「俺が笛を吹けるようになったら、そなたの琴と合わせられるのか」

「……できますね」

それは──楽しそうだ。

詞子が唇をほころばせると、雅遠も笑った。

「では、わたくしも、もっと琴を練習しなくてはいけませんね」

「俺が追いつけるくらいにしておいてくれ」

雨足が強まっていく中、白河に危なっかしい笛の音が、切れぎれに響いていた。

その日、雨は夕刻になっても止まず、雅遠はここに泊まると言い出した。爽楽の庵に泊まったことにすればいい、というのが雅遠の言い訳である。

それで誤魔化せるのかどうか、一抹の不安はあったものの、激しい雨は治まる気配もなく、しかも雷まで鳴り出したため、詞子はやむなく雅遠を泊めることを承知した。

確かに、この雨の中を馬で帰すほうが心配ではあった。

ただ、困ったのが雅遠を休ませるところだった。いままでに雅遠は、三度この屋敷で夜を明かしたことがあったが、夜どおし囲碁の勝負をしていたり、夜中にやってきてそのまま朝まで過ごしてしまったりで、泊まろうとして泊まったということはない。

雅遠は、いつも床で昼寝しているのだからどこでも構わないと言っているものの、そういうわけにもいかないからと、詞子は自分が寝所として使っている東の塗籠を雅遠のために空け、自分は淡路、葛葉が使っている西の塗籠で一緒に休むことにした。

雅遠は何やら不満そうだったが、ほうっておいたら本当に床で寝てしまうに違いないので、半ば押しこむように雅遠を東の塗籠で休ませたのが、ついさっきのこと。

……眠れないわ。

詞子は西の塗籠で横にはなっていたが、なかなか寝られずにいた。淡路と葛葉は、すでに寝息を立てている。

闇の中、詞子はそっと息をついた。

雷鳴は遠くなっている。雅遠は休めているだろうか。

衣擦れの音を気にしながら、詞子は起き上がった。淡路と葛葉が目を覚ました様子はない。詞子は単の上に小袿を一枚羽織り、物音を立てないように静かに妻戸を開け、塗籠からすべり出た。

……あ。

本当なら暗闇のはずの視界に、ぼんやりと灯りが見えた。几帳の向こう。……いつも自分が座っているあたりに。

「……」

近づいて、ささやくように呼びかけると、几帳に映った影が頭を上げた。

「……雅遠様」

「起きてたのか。……桜姫」

「はい……」

雅遠はくつろいだ格好で茵に座り、膝に書物を広げていた。

「それは……」

「爽楽からもらった書だ。小難しいものでも読めば寝られるかと思ったんだけどな。簡単すぎて子供から返されたというだけあって、確かにそれほど難しくなかった」

おかげで寝つけないと苦笑する雅遠に、詞子は小袿の襟元を直して、傍らに腰を下ろす。

「すみません、せめてもう一枚でも畳があれば――」

「あ、いや、そうじゃない。畳のせいで寝つけなかったわけじゃないんだ。ま、確かに俺の背丈じゃ、どうしても畳から足がはみ出るんだけどな」

雅遠は首の後ろを掻きながら、横目で詞子を見た。

「そうじゃなくて……ちょっとな。やっぱり、落ち着かない」

「え……？」

「そなたの寝所だぞ。……好きな女がいつも寝てるところに独りで置いていかれて、落ち着いて眠れるほど、俺は出来た人間じゃないってことだ」

「……」

どきりと胸が鳴った。詞子は思わず雅遠から目を背け、うつむいてしまう。

「そなたの香りがするのに、そなたがいない。そなたはあっちの塗籠にいる。わかってるのに、気がつくとそなたを捜してる」

雅遠は静かに、淡々と話していた。

「四条の家なら……たまに、そういうこともあるんだ。そなたの残り香を消しきれてないまま寝てしまって、夜中に目が覚める。それで、がっかりする」

「……」

「不思議だな。今夜は、ここにいるのにな」

言葉が途切れると、雨音だけが聞こえる。微かな、夜に溶ける音。

揺らめく灯りが、少し、にじんだ。

「わたくしは……我が身の呪いを、仕方のないことだと思ってきました。……仕方のないことだと、思わなくてはならないと……」

「……うん？」

「ですが、いまになって……わたくしは、我が身のさだめが、恨めしく……」

言葉にしてはいけないことだった。

これが自分の宿業なのだと信じ、諦めなければ、きっと誰かを恨んでしまう。己を捨てた恋人ではなく、その恋人の娘に呪いをかけた韓藍の女を。自分のものだったはずの幸せな暮らしを、自分の代わりに手に入れた艶子を。そして、そもそものきっかけを作った、韓藍の女を捨てた父を——

いっそ憎めたら楽だった。この身に受けた呪いを、心のままに憎い相手に返せたら。

それでも、結局、できなかった。

誰かを憎みたくなるたび、思い出すのだ。……あの日、幼い自分の前に現れ、呪いの言葉と血を吐いて死んでいった女の姿を。

とても恐ろしく、悲しい、鬼のような顔を。

誰かを憎めば、自分も鬼になる。あの韓藍の女と、同じ顔になってしまう。

……それは、怖い。

この身に呪いをかけたのは韓藍の女だったが、この身が鬼と化すのを食い止めたのも、やはり韓藍の女だった。

これは仕方のないこと。だから、諦めてしまえばいい。誰かを恨むのではなく、あの女の言葉のとおり、ただ、艶子の幸せだけを願う。たとえ家に凶事が起きて、それがすべて自分のせいになったとしても、何もかもを飲みこんで、黙って受け入れる。

そこまでしながらも、人には、この身が鬼に見えるのだ。こんなにも、鬼にならぬように心を抑えてきたというのに。

それでも――耐えていれば、いずれ慣れるのだ。

自分は、呪い持ちの鬼姫。関われば、災いが起きる。言われ続けた言葉が身にしみて、いつしか我がことが、やはり鬼なのだと思えてきた。

諦めきれれば、楽だった。憎むのと同じくらい、楽になれた。……楽になれたと、思っていたのに。

「……あなた様が……雅遠様が……いらして……」

詞子はきつく目をつぶり、両手で顔を覆っていた。

長い年月をかけて、ようやく諦めきったはずだったのに、いま、雅遠が変えようとのだ。

している。──否、心の奥底にようやく閉じこめたものを、次々と開け放とうとする

「桜姫……」

触れられれば痛いものを引きずり出しておきながら、雅遠は、いつもこうして抱きしめてくる。……雅遠しか、呼ばない名を呼んで。

「……どうして俺は、いつも、そなたを泣かせてばっかりなんだろうな」

見たいのは笑った顔なのにとつぶやいて、雅遠が、ゆっくりと髪を撫でている。

心地いい、大きな手。

「お泊めするのは……本当は、怖いです……」

「怖いのは俺か？　それともそなたの気にしてるほうか」

「わたくしの、気にしているほうです……」

雅遠は、呪いも災いも信じないと言う。だが、関わりが深くなればなるほど、どうしても、雅遠の身に良くないことが起きるのではないかという不安も強くなる。

昼の来訪を許したうえ、夜を過ごすことまで許してしまったら、ますます関わりが強くなってしまう気がするのだ。

「そなたが怖がってることは、俺はちっとも怖くないんだがな」

「……わたくしは……」

「考えるな。……今夜は、考えなくていい。せっかく一緒にいるのに、俺はそなたの泣き顔が見たいわけじゃないぞ」

「……」

詞子とて、雅遠の困った声が聞きたいわけではない。

考えなくていい。今夜は――

その言葉をよすがに、押し寄せる恐れを胸の奥に封じこめ、袖で頬を拭って顔を上げる。すると雅遠は、ほっとした様子で微笑んだ。

「よし。……ほら、もっとこっちに来い」

肩を抱き寄せられ、詞子は雅遠の腕の中に納まった。その腕のあたたかさに安堵し、同じくらい、力強さに心が落ち着かなくなる。

ふと視線をさまよわせた先で、雅遠の膝から書物が床に落ちているのを見つけた。

「あの、書が……」

「ああ――」

雅遠が、開いたままの書物を片手で拾い上げる。どうやら中身は、すべて漢文で記されているようだった。

「これを、御覧になっていたんですか……」

「爽楽という坊さんは、昔、明法博士をしてたんだそうだ。さすがに字が上手い」

「明法博士……学問の偉い先生が書かれたもの、ということですよね……」

確かに見事な手跡だということはわかるが、いくら眺めてみても、詞子にはなかなか読めるものではなかった。何しろ仮名が一文字も入っていない。

「雅遠様は、お読みになれるのですか？」

「一応な」

詞子は思わず、書物と雅遠の顔を見比べてしまった。

「どうした？」

「雅遠様は、よく御自分のことを、頭が悪いと仰いますが……」

「悪いぞ？」

「……嘘でしょう」

「うん？」

雅遠が、訝しげに眉根を寄せる。

「嘘じゃないぞ。自慢じゃないが、勉強はまるっきり駄目だ。駄目なんだが、ひととおりは教わってるから、これくらいなら、読めることは読める」

「……ちなみに、どのような御本ですか？」

「主に、爽楽が明法博士だったころに扱った判例について書いてあるな。明法博士として進言した律の解釈が、罪人への刑罰にどう関わったか——」

「……はぁ」

そう言われても、自分にはさっぱりわからない。

詞子には艶子とはまた別に、腹違いの弟妹たちがいる。弟たちは家に先生を呼び、それぞれに学問を教わっているものの、漢学は難しいからやりたくないと泣いて、しょっちゅう逃げまわっているのだという。それでも十歳になる一番上の弟が、漢書を一冊読めるようになったと、父親が喜んでいたとか何とか、本邸の女房たちが話していたのを聞いた気がする。

自分と同い年――十六歳だという雅遠が、明法博士が記したほどの書物を、ただ文字を読むだけでなく、内容まできちんと読みこめているということは。

「わかりました。雅遠様は、御自分を頭が悪いと勘違いしていらっしゃるだけです」

雅遠は片手で書物を閉じ、それを傍らの文机の上に置いて、詞子の顔を覗きこんだ。

「勘違い？」

「ええ、そうです。本当に勉強が駄目でしたら、そんな御本は読めません」

「しかし、昔っから頭が悪い悪いと言われてたぞ。父も学問の師も、弟に比べて飲みこみが悪いって……」

「では、弟君以外の方と比べたら、いかがでしたか？」

「弟以外……？」

雅遠は眉間の皺を深くして、しばらく唸っていた。眉間に力が入っているせいか、抱きしめる腕にまで力がこもって、少し痛い。

「……いや、ないな。弟としか、比べられたことは……」

「それでしたら、雅遠様は頭が悪いということにはなりません。もし弟君が図抜けて頭の良い方だとしたら、どうでしょう。その弟君に少し劣るくらいならば、世の他の方々よりは、雅遠様はもっと頭が良いということになりませんか？」

「……」

雅遠は、まるで初めての物事を見聞きした子供のように、きょとんとした顔で詞子を見ている。それがどこか可愛らしくて、詞子はふっと笑った。

「やはり、そうでしょう。……雅遠様は前に、わたくしのことを、何でも悪いほうにばかり考えると仰いましたが、雅遠様だって、御自分のことを、ずいぶん悪くお考えになりすぎていらっしゃいます」

「……や、でも……」

雅遠は瞬きを繰り返し、左腕では詞子の肩をしっかり抱いたまま、右手を意味もなく振りまわしている。

「でもな、ほら、それでも俺は歌が詠めないし、得意なものは乗馬とか、頭より体を使うものばっかりで、何たって名前のとおり――」

「雅からはほど遠い……で、ございますか？」

無風流なのは名前が悪いから仕方ないのだと、雅遠は言ったことがあるが。

「わたくし、近ごろようやく気づきました。……雅遠様は、風流を知らない方ではございません」

「……桜姫？」

詞子は少し仰のいて、腕の中から雅遠を見つめた。

「雅遠様は、花を愛でる心をお持ちです。笛の音も、その名のとおりと聴いてくださいました。それから……わたくしにも、いつも、やさしい言葉をくださいます」

それはときに、痛みすら感じるけれど――

「気持ちを歌で表わさなくとも、大切なことは、雅遠様は、すべて御存じです……」

そういう人なのだ。

世の中と同じようにはできないが、だからといって、心根が冷たいわけではない。

むしろ誰より、あたたかい。……この手のように。

「……もっとも、遠慮がなくて、いささか軽はずみなことには、違いありませんが」

息をのんで目を見張っていた雅遠に、悪戯っぽくそう付け加えてやると、雅遠の表情が、ようやく緩んだ。

「褒める気があるなら、褒めっぱなしにしておかないか」

「わたくし、本当のことだけ申し上げました」

雅遠が苦笑して、こつりと、詞子の額を額で小突いてくる。

「そなた、俺のことそんなふうに思ってたのか？」

「はい」

「……そうか」

ため息のようにつぶやいて、雅遠は、両腕でしっかりと詞子を抱きしめ直してきた。

「いつもと逆だな。そなたに励まされたみたいだ」

「励ますだなんて……」

「いや。……そうか。それなら、少なくとも桜姫から見て、俺はそんなに悪くないってことだな？」

「え……」

顔を上げると、まっすぐな視線とぶつかった。

「俺のことは、嫌いじゃないよな？」

「……そのように思ったことは、ございませんが……」

「うん。それならよかった」

雅遠が、無邪気なほどの笑顔を見せた。――と思った瞬間、目の前が陰った。

唇に、軽く、ぶつけられたのは。

「……」

詞子は、ただ瞬きをしていた。

一度顔を離して、そんな詞子の様子を眺めてから、雅遠が、再び近づいてくる。

……唇に触れているのが、雅遠の唇だと。

口づけられたのだと。

霧のような雨が、枝葉に、砂に、しっとりと染みこんでいくように、詞子はそれを、緩やかに理解していた。

やがて、唇が、離れていく。

途端に雅遠と目が合ってしまい、詞子は思わず両手で口を覆い、うつむいた。触れられた唇が、もう、自分のものではなくなってしまったような気がする。

「……桜姫？」

心配そうな声で呼ばれ、おそるおそる目を上げると、雅遠は、ほっとした顔をしていた。

「あ、泣いてたわけじゃないんだな」

「……」

泣くことなど思いつかなかった。鼓動が頭の中にまで鳴り響いている。顔も熱い。何か言わなくてはこのまま気を失ってしまいそうで、震える両手をようやく口から引き剝がしたものの、何も言葉にできず、詞子は衣の胸元をきつく握りしめた。

途惑うことしかできずにいる詞子に、雅遠が、手を伸ばす。

……あ。

指先が、唇に触れた。……昼間、笛を吹いていたときと同じように。

「さっきは……嘘をついた」

「……え……」

「笛の吹き方が気になったんじゃない。……本当は、そなたに触りたくなったんだ」

「……」

「いまみたいに……」

口づけたかったのだと――

また、雅遠に抱きしめられた。包みこむ腕の温もりに、今度こそ泣きそうになる。

「……なぁ、一緒に寝てくれ。隣りにいてくれるだけでいいから。そなたの匂いがするのに、そなたが側にいないのは、やっぱり寂しいんだ」

「……」

うなずくことはできないが、抗うこともできなかった。

雅遠は詞子を抱き上げて、灯りを吹き消してしまう。

暗闇と、雨の音。

こんなことはいけない。……こんな、まるで普通の恋人たちのようなことは。

拒まなくてはいけないのに、手を振り払うことすらできない。できるはずがない。

そんなこと、したくなんてないのだから。

塗籠の戸が閉じて、雨音はいっそう遠くなった。

聞こえるのは、ふたり分の衣擦れの音。

やさしく畳に下ろされたが、腕は離れないまま、雅遠が傍らに横たわる気配がする。

「……桜姫……」

拒めない。——考えたくない。

せめて、この夜だけは。

＊＊　　＊＊　　＊＊

まどろみのうちに、小鳥のさえずりを聴く。最も穏やかな目覚め方だ。

寝返りを打とうとして、詞子は肩の上の重みに気づいた。

あたりは、ようやく物の形がわかるほどに明るくなっている。……傍らで雅遠が、
口を半分開いて寝息を立てているのもわかる。

「……」

雅遠が、ここにいる。

それはまだ夢の続きのようで、詞子は横になったまま、雅遠の胸に頬を寄せた。

深く息を吸いこむと、いつもと違った香りが体に満ちていく。雅遠が使っている『荷葉』——夏用にと、数年前に自分で合わせた香を出してきたのだが、配分を失敗したらしく、渋みが強すぎて気に入らないのだとぼやいていた。

香合わせも苦手だから、桜姫の香が欲しいと、これまで何度となくねだられているのを、詞子はやんわりとかわしている。

……雅遠様とは、違う香りがいい。

こうして寄り添ったときの移り香が、雅遠が帰った後にも、わかるように。

すぐに消えてしまうものだけれど、せめて、少しのあいだだけ、名残が欲しいから。

雅遠は帰ったら、ここの香りを消さなくてはならない。それが手間なのはわかっている。だからこれは、ただの自分の我儘だ。

雅遠は、知っているだろうか。……渋すぎると言っていた匂いも、違う香と混じれば、やわらかに香ることを。

いつまでもこうしていられれば、きっと——

「——————！」

突然響き渡った悲鳴に似た叫びに、詞子と雅遠は、思わず同時に飛び起きた。

「……何だ？」

「いまのは……」

悲鳴ではない。猫の鳴き声だ。瑠璃と玻璃の。

雅遠が詞子を庇うように腕の中に抱きこんだまま、腰を浮かせて身構え、険しい表情で耳をすます。瑠璃と玻璃は、何かを威嚇するように、ぎゃあぎゃあと鳴いていた。

「……あいつらがあんなに鳴くことはあるか？」

「見知らぬ者や……艶子たちには」

しかし、こんなに朝早くから艶子が来るとは思えない。来たとしても、艶子たちならもっと騒がしくなるはずだ。

「……ここにいろ、桜姫」

「雅遠様」

立ち上がろうとした雅遠の袖を、詞子はとっさに摑んでしまう。

「わたくしが見てまいりますので……」

「俺が行く。近ごろ手荒な盗賊がいるらしい。ここが狙われることはないだろうが、念のため用心しておけ」

早口でそう告げて、雅遠は妻戸を細く開けた。

瑠璃と玻璃の激しい唸り声と、あっちに行け――という、若い男らしき声がする。

「……保名か？」

「えっ？」

「まさか――」

雅遠が飛び出していき、詞子は急いで衣の寝乱れを直し、小袿を羽織った。様子をうかがうと、淡路と葛葉も起き出してきたのか、西の塗籠のほうでも物音がする。

「――おまえ、何でここにいるんだ」

聞こえた雅遠の鋭い口調に、さっきまでの夢のようなぬくもりが、すっと冷えた気がした。

その言葉は紛れもなく、そこに雅遠の知る者がいたということを示していて、それはつまり、ここに雅遠が通っているという、絶対の秘密が破れたことを意味していた。

……とうとう、見つかってしまった。

詞子はだらりと腕を下げ、足を引きずるようにして、ゆっくりと雅遠のほうへと歩いていった。

「すぐお帰りください、雅遠様。こんなところには――」

「その前に答えろ、保名。どうしておまえがここにいるんだ。まさか誰かに、ここのことを言ってやしないだろうな？」

「それは……」

「――何事ですか」

「姫様、どうされましたか」

雅遠と誰か、葛葉と淡路の声に、瑠璃と玻璃の鳴き声が被さり、暁の静寂は消え失せる。

ただ詞子だけが、呆然と立ちつくしていた。

……雅遠様。

呼びかけた言葉が、声になっていたのかどうか。雅遠がはっと振り返る。

「桜姫――」

「……どなたでございますか」

「俺の……俺の乳兄弟だ」

「……そうですか……」

詞子はもう数歩、前へ進み、瑠璃、玻璃――と声をかけた。

「こっちへお上がり。……雅遠様に縁の方です。騒いではいけません」

瑠璃と玻璃はぴたりと鳴き止み、簀子へ駆け上がってきた。付近に静けさが戻る。

「は……早くお帰りください。雅遠様がここにおいでだということは、私しか知りませんので……」

「本当か」

「本当です。言ってません。ですから、早く……」

御簾の向こう、庭から聞こえる雅遠の乳兄弟だという男の口調には、焦りがあった。

「姫様……」

淡路が途惑った表情で詞子と雅遠を見比べ、葛葉は微かに眉をひそめて雅遠に歩み寄った。

「どういうことです、これは。ついにここに入り浸っていることが知れましたか」

「……あいつがここにいるってことは、そうなんだろうな」

雅遠が苦々しく舌打ちして、荒っぽく頭を掻きながら、御簾をはね上げ簀子に出る。

「早く早くって、いったい何だ」

「訳は後でお話ししますから、とにかく私と一緒にお帰りください」

「急用か」

「え……ええ」

御簾越しにもわかるくらい大きなため息をついて、雅遠が中に戻ってきた。

「悪いな、桜姫。よくわからんが急用らしい。一度帰る」

「……はい」

返事はしたものの、すでに詞子の胸には、暗雲のような不安が渦巻いていた。

雅遠が、自分の意思で帰るのでも、詞子に促されて出ていくのでもなく、誰かに連れ戻されようとしている。

淡路が持ってきた狩衣に、雅遠が無造作に袖を通すのを、詞子は手伝うこともできずに見ていた。瑠璃と玻璃も御簾の内に入ってきて、あたりを落ち着かなく歩きまわっている。

「じゃあ、桜姫——」

「……」

不安が、顔に出ていたのだろうか。

雅遠が近づいてきて、そっと、詞子の頭を撫でた。

「大丈夫だ。あいつはそんなに口の軽いやつじゃないから。……ま、どうせ呼びに来るなら、もっと遅くに来いって怒っとくけどな」

「……」

「またすぐ来るからな」

雅遠は、言ったことは必ずそのとおりにする。……だから、すぐ来ると言うのなら、きっとすぐに来るに違いない。

そう思うのに、思いたいのに、どうしてか、不安が拭い去れない。

庭から、雅遠を急かす声がする。

瑠璃が責めるように、雅遠に向かって短く唸った。

雅遠が背を向けたそのとき、詞子は唐突に、さっき聞こえた雅遠の乳兄弟の言葉を思い出した。

すぐお帰りください、雅遠様。こんなところには――

こんなところ。

「……雅遠様！」

いままでに呼んだこともないほどの大きな声で、詞子は雅遠を呼び止めていた。

御簾をくぐりかけていた雅遠が、振り返る。

「桜姫？」

「あ……っ」

詞子は身を翻し、袋に入れて文机に置いておいた横笛を掴んだ。

「これを……これを、お持ちください」

「……『雨月』？」

「せっかく、始められたばかりですから……あの、手が慣れているうちに、間を置かずに、帰られてからも練習を……」

「またすぐ来るのに……」

苦笑しながらも、雅遠は笛を受け取った。

そして、今度こそ御簾をくぐって外へ出ていく。

急かす声と不満そうな返事が遠ざかり――やがて、馬の蹄の音も聞こえなくなった。

「……ずいぶん慌しかったですねぇ……」

「何なんですかね、本当に。どういうことだったのか、後で話していただきませんと」

困惑している淡路と葛葉に、詞子は、静かに首を振った。

「……もしかしたら、雅遠様は、もう、ここには来られないかもしれないわね」

「えっ？」

「さっきの乳兄弟だという者。聞こえなかった？　……こんなところにいては、って言いかけたのよ」

淡路と葛葉が、顔を見合わせる。

「それは、あの――」

「知っているのよ。……ここが、鬼の住処だということ」

「……」

そう、おそらくは、知っているのだ。だからこそ、急いで雅遠を連れ出そうとした。

自分の主を、恐ろしい呪いを持った鬼の住む屋敷になど、置いてはいけないと。

詞子は、力なくうつむいた。

今朝、目覚めるまでのすべてのことが、長い長い、夢の中の出来事になろうとしている。

……わかっていたことじゃないの。

いつかは、覚める夢。

「わたくしも、馬鹿ね……」

つぶやき、自嘲の笑みを浮かべて、詞子はその場に座りこんだ。

あれほど雅遠と関わることを恐れていたのに、その縁が切れてしまうと思った刹那、笛を渡していた。

あの『雨月』は、詞子が祖父から受け継いだ、大切な笛。雅遠も、それを知っている。大切な笛を託しておけば、雅遠が返しに来るかもしれない。そうすれば、せめてあと一度だけでも、逢える——

……何てこと……。

これまで自分を戒めてきたのは、いったい何のためだったのか。

我が身の呪いに、雅遠を巻きこんではいけない。巻きこみたくない。そのためには、本当は関わりを持ってはいけなかったのに。

玻璃がひと声、哀しげに鳴く。

詞子はしばらく、そこから立ち上がることができなかった。

爽楽の庵まで雅遠を尾行した保名は、いつまで経っても雅遠が出てこないことをいぶかしみ、庵の周囲を探っていたところ、裏の庭から道に出る馬の蹄の跡を見つけたのだという。そして、このところの雨続きでぬかるんでいた道に残る蹄の跡を辿っていくと、白河の屋敷へと行き着いた。

だが、そこが誰の邸宅なのかがわからない。間違いなく雅遠がいるという確証もない。門の前で迷っているうち雨が降ってきて、さらに、笛の音が聴こえてきたのだ。初めはなかなかの腕前と思えたが、しばらくして奏者が代わり、たどたどしい、いかにも吹き慣れていない音色になった。

そこで保名は直感した。この危なっかしい奏者が、雅遠であると。

雅遠がいるとして、ここはいったい誰の邸宅なのか。古びてはいるが、屋敷の構えはなかなかのものだ。実は高貴な姫君が隠れ住んでいたりするかもしれない——

その可能性に気づいたとき、保名は雨の中、独り仰天した。

まさか、あの雅遠が、本当に、女のところに通っていたというのだろうか？

これは一大事だ。しかし相手がわからないまま、迂闊に門内へは踏みこめない。雨も強くなってきた。ここはひとまず四条に戻り、すぐにこの屋敷の主を調べなくてはなるまい。雅遠も、いつも夕刻には帰ってくる。それまでに——

「……ですが、雅遠様は夜になってもお帰りにはなりませんでした」

「泊まったからな」

雅遠は左大臣邸の自分の部屋で、思いきり不機嫌な顔で保名の話を聞いていた。

「おまえがあそこをつきとめた経緯はわかった。けどな、こんな朝早くから俺を引っ張り出した急用が何なのかは、まだ聞いてないぞ」

ここまでの帰り道、保名はとにかく早く早くと急かすばかりで、肝心の用事とやらについては、言おうとはしなかったのだ。おかげで雅遠はしびれを切らし、徒歩の保名よりも先に馬で四条に戻ってしまった。

「用は……ございません」

「あ?」

保名は雅遠の前に座って頭を下げたまま、じっとしている。その顔色は青い。

「雅遠様に、一刻も早くあそこから離れていただきたくて……」

「……」

雅遠は、ゆっくりと目を見開き、保名を見据えたが、保名の目は、その切れそうに鋭い眼差しから逃げていた。

「調べたのか」

「……」

無言は肯定だ。

雅遠はさっと立ち上がり、足音荒く保名の脇を通り抜け、蹴るようにして御簾をはね除けて簀子に下りた。雨は止んでいる。

雅遠の父である左大臣源雅兼の政敵、右大臣藤原則勝。その腹心、二条中納言こと藤原国友。……その娘、白河の鬼姫。

高欄を握りしめ、雅遠は奥歯を嚙みしめた。

「ま……雅遠様……」

背後で、保名が震えた声で言う。

「何故あのようなところへ……あそこにいるのは、呪われた、恐ろしい姫君だというじゃありませんか。いくら何でも、そんな女人……雅遠様の身に何かあったら――」

刹那、雅遠は振り向きざまに保名の胸ぐらを掴み上げた。

「……おまえたちがそうやって、あの姫を追いつめてるだけじゃないか！」

「っ……で、ですが……」

「あの姫は何もしない。世間や、親や妹までが勝手に怯えて、勝手に鬼呼ばわりして追い出したんだ。あんな小さな、か弱い姫君を……！」

そんな仕打ちを受けながらも、なお妹を守ろうとし、恨み言も言わず、それどころか呪いに巻きこむまいと、人との関わりを自ら避けようとすらする。

いっそ、寂しいと――つらいと、苦しいと、全部ぶちまけてくれればいいものを。

「では、では……その、白河の姫君は、呪いを持ってはいないんですか？」

「知らん。本人は呪い持ちだと言い張ってるが、そんなふうには見えん」

「……じゃあ、やっぱり呪いがあるんじゃないですかっ」

保名はますます顔を青くして、逆に雅遠の腕を掴んできた。

「ど、どんな呪いなんですか。何か悪いことが起きてるんじゃないんですか」

「だから知らんと言ってるだろ。俺はそんなもの信じてないし、何も起きてない」

「そんなのん気な……！」

雅遠は忌々しげに舌打ちして、突き放すように保名を放した。反動で保名がよろめいて、そのままぺたりと尻餅をつく。

「どんな呪いかも知らずに通ってるんですか？　そういうものは、信じるとか信じないとか、そういう問題ではないでしょう」

「姫が話したがらないものを、無理に聞くわけにいかないだろ。いまさらどんな呪いがあろうと、俺にとっては大事な姫だ」

「だ……」

「……っ、だ、大事な……」

保名はまるで、雅遠を見知らぬ者のように見上げていた。

「誰より大事だ」

「す……好いて、おられるのですか」

「もちろんだ」

「……その、姫君のほうも、雅遠様を……」

「ああ」

嫌いだと思ったことはない。そう言ってくれたからこそ触れもできたし、桜姫も、拒みはしなかった。

……ただ、同じくらい好かれているかどうかは、確認していないので自信はないが。

保名の顔が、奇妙に歪(ゆが)んだ。

憐(あわ)れんでいるような、嬉しそうな、何とも言えない、おかしな表情だった。

「まさか……御結婚を……」

「する。いずれはな」

そう決めている。……これも桜姫の同意を得たわけではないし、そもそも一度、断られているのだが。

それでも、桜姫以外は考えられない。

「……」

保名はべったり座りこんだまま、しばらく黙していたが、やがて抑えた声で言った。

「もし……その姫君が、呪われていなかったとしても、二条中納言家の姫君であることに、違いはありませんよ」

「そうだな」

「殿が、お許しになるはずがありません」

「だろうな」

「それでも、御結婚されますか」

「ああ」

挑むように保名を見据え、雅遠は、きっぱりとうなずいた。

だが、保名は引きつった笑みを浮かべた。

「無理ですよ。……殿のお許しなく、二条中納言の姫君となんて、結婚できるはずがありません。少なくとも、正式な御結婚は、絶対に無理です」

「無理は承知だ」

「承知しているだけでは、どうにもなりませんよ」

「俺は、あの姫としか結婚しない。他の誰ともするつもりはない」

「もっと無理です」

今度こそ、保名は気の毒そうに雅遠を見た。

「あの姫君は、二条中納言の大君でありながら、たいした扱いを受けていないというじゃありませんか。白河のあの屋敷は別邸でしょうが、ずいぶん荒れていましたね。

後ろ盾も頼りない、鬼姫と呼ばれているような姫君と結婚して、雅遠様は、どうやって暮らしていかれるおつもりですか？」

「それは、俺が面倒を見る」

現に、桜姫の暮らし向きは楽ではない。父親である二条中納言からの援助は日ごとに滞りがちになっているらしく、淡路と葛葉は本邸の冷たさに嘆き、腹を立てているし、屋敷の維持や食事の世話を任されている雑色の有輔と小鷺も、やりくりに苦労していた。桜姫までが育ち盛りの筆丸のために、こっそり食事を残しているというのを聞いて、いまでは雅遠が、ときどき市に寄って、油や野菜を調達している。もっとも桜姫が気にするといけないので、有輔と小鷺たちには、固く口止めしてあるが——

「……雅遠様は、わかっておられませんよ」

保名が、深くため息をつく。

「殿があれほど、雅遠様に、家柄のしっかりした、財産のある家への婿入りを勧めておられるのは、何故です？」

「それは……俺が無位無官で、これからも出世の望みは薄いから、せめて金持ちの女と結婚して、食うに困らないようにしろってことだろ」

「そうですよ」

「けどな、俺だってあと五年もすれば、五位の位が与えられるわけだし、そうすればそれなりの位禄も——」

「殿がそれまで左大臣として御安泰でなければ、蔭位もありません」

雅遠の言葉を遮った保名の口調は、冷ややかだった。

「こちらの麗景殿の女御様と、右大臣側の梅壺の女御様、どちらが先に皇子をお産みになるかによって、状況はいつでも変わってしまうんですよ。もし、もし右大臣側に先を越されたら、こちらがどうなるか……権力争いに負けて追い落とされた家は、昔からいくらでもあるでしょう」

そこまで一気にまくし立てて、保名は、のろのろと腰を上げた。さっきより曇ってきて、あたりが薄暗くなる。

「……白河の姫君が、二条中納言家で大切にされておられる姫君でしたら、もしものときには、逆に頼りになるかもしれません。ですが、御実家からも見放された姫君では、どうにもなりませんよ。はっきり言ってしまえば、共倒れです」

頭の中に、直接冷水を注ぎこまれたような——

雅遠は、言葉を返すことができなかった。

保名がうつむき、額を手で押さえ、はっと短く息を吐く。

「……残念です。せっかく雅遠様が、女人のところへ通えるようになられたというのに……」

いつのまにか、保名は立ち去っていた。

雅遠は高欄にもたれかかったまま、簀子の床板の木目を、ただじっと見つめていた。

わかっていたつもりだったのに、正面からわかっていないと言われて、反論のひと言も出なかったのは――

……わかってなかった、のか。

出世も何も、父には期待されていない。いずれは利雅が家を継ぐだろう。常よりそう思っていながら、親の権威で位がもらえる蔭位の制を当てにしていたのだ。保名の言うとおり、権力の推移など時流次第だ。親の地位が盤石だなどと、誰も請け合ってはくれないものを。

「……馬鹿だな……」

独り言ちてみれば、自嘲の笑いがこみ上げてくる。

桜姫は、頭が悪いと勘違いしているだけだと言ってくれた。しかし、やはり自分は頭が悪いのだ。乳兄弟にまで呆れられ、諭されるほどに。

思えばこんなに頼りない主を持って、保名も気の毒だ。そういえば、保名を大膳職の役職に就けるように取り計らったのは父だった。保名はとても喜んでいた。こんな主に仕えていても、いつ官位を得られるかわからないと不安だったとしたら、それは確かに嬉しかっただろう。

……桜姫も。

親に追い出された挙句、通ってくるのは出世の見こみもない男とあっては、内心では失望しているかもしれない。……いや、そんなことはないと思いたいが。

「……」

湿った風が、御簾を揺らす。

白河に行きたいが、桜姫には何と言えばいいだろう。乳兄弟に知られたことを心配しているかもしれない。保名は、父に報告するだろうか。

と――ふいに部屋の奥から、きゃあきゃあとはしゃぐ女房たちの声が聞こえてきた。

「雅遠はいないのかな。――雅遠」

「へ？……あ、宮ですか？」

この声は、友人の兵部卿宮敦時だ。それなら女房たちが騒ぐのもわかる。

恋の手練と名高い、都で一番の美男子が、御簾を押し上げ顔を出した。

「ここにいたのか。久しぶりだね」

「どうも……」

普通に会釈したつもりだったが、敦時は、扇から覗かせた顔を、微かに曇らせた。

「どうかしたのか？　元気がないようだ。それに顔色も悪い」

「いえ、何も……」

自分の顔色だというのに、自分にはわからないのだから厄介だ。雅遠は背筋を伸ばし、声を張った。

「――別に、何もありませんよ。それより宮こそ、うちに来るなんて珍しいですね」

「騎射に誘いに来たんだ。隆通が屋敷に新しく弓場を作ったから、ぜひきみと勝負したいと言っていてね。隆通も弓が得意だが、きみには敵わないからな。何とかしてきみを負かしたいんだろう」

「弓ですか。……組は？」

「今日は隆通と忠資、経範が組むというから、私は実春と組むことになるね」

「……実春と組んでも、勝てないでしょう」

「実春は弓だけならともかく、馬に乗って射るのは苦手だからね。きみが来てくれなくては困るな」

広げた扇を優雅にひらめかせ、にっこりと笑う――敦時の笑顔はどういうわけか押しが強く、相手が男女問わずうなずかざるをえないと、世間で評判だ。

雅遠は、軽く息をついた。

……これが急用だったってことにしておくしかないな。

明るいうちに、白河に行ければいいが。

座る詞子の傍らに、瑠璃と玻璃が、じっとうずくまっている。二匹とも、さっきから側を離れようとしない。

詞子は脇息にもたれ、雅遠が置いていった書物を文机に開いて、ぼんやりと眺めていた。もちろん半分も読めないので、ただ見ているだけだ。

雅遠は来ない。

もう昼を過ぎたが、どれほど耳をすましても、聞き慣れた蹄の音は聞こえてこない。

急用だというのなら、今日は来られないのかもしれない。

……いいえ、違う。

もう、二度と来られないかもしれない。

乳兄弟なら、主を鬼と呼ばれる女のところへなど、行かせはしないだろう。左大臣の耳に入ったりすれば、もっと難しい。

とっさに笛を渡してしまったものの、よく考えてみれば、雅遠が自分で返しに来るとは限らないのだ。

……そのときには、この御本もお返ししないと……。

うっかり渡し損ねてしまった。笛は戻ってこようとくるまいと、雅遠が持っていてくれるならどちらでもいいが、書物は間違いなく返さなくてはいけない。

「姫様──」

淡路が几帳の裏から、遠慮がちに顔を出した。

「晩は、何かお作りしますか。今朝は何も召し上がらなかったですし……」

「……そうね。少し……」

「はい」

ものを食べる気分ではなかったが、何も口にしないのでは、淡路や葛葉が心配する。玻璃が気遣うように、喉を鳴らした。猫にまで慰められるとは、情けない。

……わたくしが、しっかりしなくてはいけないのに。

雅遠が通ってくるようになって、好意を寄せられて──我が身のことを考えれば、拒まなくてはいけなかったのに、鬼ではないと、呪いなど信じていないと言われ、そのやさしさに甘えていた。甘え続けて、この穏やかな時間がいつまでも続くかのような、思い違いをしていたのだ。

このまま雅遠の足が遠のけば、災厄など起きないまま関わりを断つことはできる。

詞子は衣の袖を強く握りしめ、じっと目をつぶっていた。

逢いたい。

逢えなくなるのが怖い。

前はあんなにも、関わることを恐れていたのに。

……雅遠様に良くないことが起きるのは、絶対に嫌。

それなのに逢いたいだなんて――

急に、瑠璃と玻璃が動いた。瑠璃が低く、ぐうっと鳴く。

「どうしたの……」

尋常ではないその様子に詞子が腰を浮かせたとき、微かに間延(まの)びした掛け声が聞こえた。それと、牛車らしき音も。

「……淡路、葛葉」

詞子が呼ぶのと同時に、瑠璃が部屋の奥、玻璃が外へと飛び出していく。ほどなく瑠璃が淡路と葛葉を、玻璃が庭に筆丸を連れて戻ってきた。

「あれは……本邸の牛車ですよね」

「また来たんですか」

「ぼく、門の外にいますから――」

今日は隠さなくてはならない人物がいないので、さほど慌てはしなかったが、筆丸は、本邸の者と雅遠がかち合わないように見張ると言って、駆けていく。

「……」

詞子は無言で雅遠の書物を硯箱の下に隠し、居住まいを整えた。淡路と葛葉も、それぞれ詞子の側に控える。

やがて牛飼童の掛け声と車の動く音が近くで止まり、人々のざわめきが聞こえてきた。瑠璃と玻璃が落ち着きなく部屋の中を歩きまわりながら、庭のほうに向かって、しきりに唸り声を上げる。

女房たちの声。やはり艶子か——

「何だ、ずいぶんと荒れているな、ここの庭は……」

妙に甲高い男の声に、詞子と淡路、葛葉は顔を見合わせた。

「……お父様？」

「殿ですか？」

「殿ですね」

思わず伸び上がって御簾の隙間から外を見ると、詞子の父親、藤原国友と、数人の女房にまじって、艶子の姿もあった。相変わらず不機嫌そうな顔をしている。

「お、おい、誰か先に上がれ。儂が来たことを伝えるのだ」

「えっ、でも……じゃあ」

「い、嫌よ私は……」

「お父様、鬼姫なんて呼ぶ必要はありませんわ。さっさと入って用を済ませて、すぐ帰りましょう」

「……聞こえてるわ、艶子」

ため息をついて詞子が声をかけると、階の下がぴたりと静かになった。

「お父様でございますね。お久しぶりでございます。どうぞ、お上がりください」

「あ、ああ……」

何とも歯切れの悪い返事からしばらく経って、艶子に押されるようにして、国友がおそるおそる御簾をくぐってきた。しかし瑠璃と玻璃に牙を剝かれて、足をすくませている。その後ろで艶子が、きゃっと悲鳴を上げた。

「いやっ！　その猫、まだ飼ってたの!?」

「あら、もとはといえば、あなたがくれたんじゃないの」

「あんまり不器量だからよ！　こんな怖い顔、猫じゃないわ！」

失礼な、と言わんばかりに二匹は毛を逆立て、艶子にも唸り、爪を出してみせる。

「可愛がってやらないから、怖く見えるのよ。――瑠璃、玻璃、こっちへおいで」

しゃっとひと声鳴いてから、瑠璃と玻璃は詞子の膝元へ戻ってきた。国友は怯えた表情を隠そうともせず、背を丸めて中に入ってくる。

「げ……元気そう、だな……」

「ええ。お父様もお変わりなく」

実の娘をあからさまに恐れる態度も、まったく変わりない。

「それで、何か御用ですか」

「あ、ああ、実は……」

「——お父様、あれよ！」

艶子が叫んで指さした先を、詞子も目で追った。

そこにあったのは、詞子が祖父、前の中務卿宮から受け継いだ和琴——『玉歩』。

「おお……あ、あれか。しかし、ずいぶん古そうだが……」

「でも、素晴らしい音色の琴だって、お母様が言ってらしたわ。——ほら、早く持って帰るわよ！」

「……え？」

持って帰るとは、どういうことか。とっさに詞子が腰を浮かせ、女房らが上がりこんできたのを見て、葛葉と猫たちも、すかさずその前に立ち塞がる。

「何事ですか。この琴は、こちらの姫様が中務卿宮様から譲られたものですよ」

「お下がり、無礼者！　そもそもお祖父様（じいさま）が、こんな素性の怪しい鬼に、物を譲られるはずがないじゃないの！」

「姫様は——」

「葛葉」

詞子は言葉を遮り、険しい面持ちで首を横に振った。葛葉が悔しそうに唇を噛む。

——艶子は、真実を知らない。

詞子の生母は前の中務卿宮の大君。艶子の生母は韓藍の女。それを、韓藍の女の呪いのために、詞子と艶子の立場を入れ換えた。艶子を詞子よりも大切にしなければ、もっと災いが起きるから、という理由である。

いま艶子が母と呼んでいるのは、前の中務卿宮の中の君、つまり詞子の生母の妹である。『玉歩』のことを知っていてもおかしくはないが。

「お父様、御用の向きは、この琴でございますか」

「あ、まぁ……」

「はっきり仰ってください。この和琴は、わたくしがずっと所持しておりました。いまさら取り上げようとは、どのような訳がおありなのでしょう」

「あんたのせいで、あたくしの琴が壊れたからよ！」

国友が答えるより先に、艶子が怒鳴った。

「盗賊が入ったのよ！　暴れまわって、あちこち壊して……あたくしの琴まで！」

それなら悪いのは盗賊であって、詞子のせいではない——などという正論が、艶子に対して通ったためしはない。災難はすべて鬼姫のせいなのだ。詞子もいまさら、反論する気もないが。

「盗賊……？」

そういえば雅遠も、今朝、最近盗賊が出ると言っていた。

「そ、そうだ。昨夜な、東の対に」

「まぁ……。それで、皆は無事ですか」

「ああ、女たちは、大事ない。男衆がな、何人か、捕らえようとして怪我をしてな。何しろ荒々しい者たちで、しまいには刀を抜いて暴れるものだから、艶子の琴が踏みつけられて……今宵、右府様のお屋敷で、管弦の宴が開かれる。右府様のもう一人の姫君の入内が内定した、大事な祝いの宴だ。せっかく艶子も呼ばれたというのに、琴がなければ……」

詞子とは目を合わせないまま、国友はそわそわと足踏みしている。

「事情はわかりました。それでは今日は、本邸もさぞ大変でしょう。御見舞い申し上げます。御入用でしたら、琴はどうぞ、お貸しいたします」

「御見舞い？　白々しい。鬼の次は盗賊を呼んだんでしょ、あんたが」

棘のある艶子の声が、部屋に響いた。

「しかも貸しますですって？　お祖父様の琴を勝手に持っていっておきながら、よくも自分の物みたいに言えるわね！」

「……わたくしがいただいたものだもの」

詞子はかろうじて、それだけ言った。祖父母の記憶ももはやおぼろげだが、こんな身の上になってしまった孫娘を不憫（ふびん）に思い、亡くなる前に持ち物の幾つかを詞子に譲り渡してくれたのだ。

だが、艶子はそのことも知らない。

つんと顎を上げ、艶子は詞子を見下ろした。

「それは由緒正しい琴なのよ。あんたみたいな鬼が持つものじゃない、あたくしが持つべきものなの。お返しなさい！」

――詞子から韓藍の女の呪いを受けたのは、四つの秋だった。それよりなお幼かった艶子は、自分を産んだ母のことを憶（おぼ）えていない。だから、自分の母親は親王（しんのう）の娘で、詞子の母親は、貧しい市井（しせい）の女だと、教えられたままのことを信じている。

しかし、人の口に戸は立てられない。時が経ったとはいえ、真実を知っている者は二条の本邸にも残っている。噂話にでも、艶子の耳に入っていないとは限らない。

艶子はおそらく、気づいているのだ。だからこそ、いつも必死とも見えるほどに、詞子を追いつめようとする。そうしないと、自分の立場が揺らいでしまうとでもいうかのように。

鬼と言われるのは、もう慣れた。何もかもを、自分のせいにされることも。

でも。

「……わたくしも、琴が必要なの」

　雅遠が言ってくれたのだ。俺が笛を吹けるようになったら、そなたの琴と合わせられるのか、と。

　約束とも呼べないほどの、小さな約束だけれど。

「だから、後で返してくれるのでなければ、渡せないわ」

「必要？　鬼に琴なんていらないでしょ。――おどきなさい！」

　艶子に突き飛ばされ、詞子は倒れ伏した。淡路が悲鳴を上げて駆け寄ってくる。その間に女房たちが琴を持っていこうとし、葛葉と瑠璃、玻璃がそれを止めようとして部屋の中は騒然となった。

「きゃあ！　この猫、また……！」

「ちょっと、誰が持っていっていいなんて言ったのよ！」

「痛い！　何するのよ!?」

　猫たちはさんざんに暴れまわったが、艶子も今回は、前のときよりさらに多くの女房を連れてきており、多勢に無勢、とうとう琴が外に持ち出されてしまう。

「お待ちください。せめて――せめて代わりの琴を……」

　淡路が国友に追いすがったが、その手は簡単に振り払われた。思わず詞子が国友を咎（とが）める目で見ると、国友はぎくりと肩を揺らす。

「お父様！」

「……あ、ま、まぁ、そのうちな。そのうち、新しい琴を作らせて……だから――」

実の娘だ。

母親がどちらであれ、国友にとっては、艶子も自分も、娘に違いはないのに。

「その、気持ちを抑えて……これ以上の災いは、起こさぬように、な」

怯えを隠さないまま国友はあたふたと御簾をくぐり、艶子らの後を追っていった。

瑠璃と玻璃が、声の限りに唸りながら、庭へと飛び出していく。

「姫様……」

「大丈夫ですか、姫様――」

床に座りこんでいる詞子の背を、淡路と葛葉が支えた。

……実の娘でも。

結局、父にとってさえ、自分は災いをもたらす鬼でしかないのだ。

詞子の頰を、涙がつたう。

いま、無性に雅遠に逢いたかった。

あの声で、あの笑顔で――そなたは鬼ではないと、言ってほしかった。

騎射の勝負がなかなかつかず思ったより長引き、その後ちょっと酒でも飲んでいけという誘いにまで付き合った結果、帰路につくころには暗くなってしまっていた。

……やっぱり今日は無理か。

月でも出ていれば白河までも行けようが、あいにくの曇天だ。馬を走らせるには、いささか危ない。

「雅遠」

牛車に乗りこもうとしていたところへ声をかけられ、雅遠は振り向いた。敦時だ。

「珍しく調子が悪かったね。実春が良かったから、今日はもっと楽に勝てるかと思ったよ」

敦時が雅遠を目で促し、ぶらぶらと歩き出したので、雅遠も話しながら、ゆっくりついていく。

「……練習不足ですよ。実春に助けられました」

「まぁ、そんなことを言いながらあれだけ当たるのだから、隆通が悔しがるのも無理はないな。ところで――」

牛車から数十歩離れたところで、敦時が足を止めた。

「恋人とは、順調に続いているのかな」

従者たちに会話の内容が届く距離ではない。だが雅遠は、一瞬大きく目を見開き、敦時を凝視していた。

……しまった。

「何のことですか」

さりげなく目を逸らしながらも、雅遠は、従者たちの持つ松明(たいまつ)の灯りに照らされた敦時の横顔を、視界の隅でうかがう。

「おや、誤魔化したね」

「誤魔化すも何も、何のことだか……。俺は相変わらず、女人とは縁なしですよ」

「では、誰か紹介しようか？」

「せっかくですが、面倒なんでお断りします」

敦時はくすりと笑い、扇を広げた。

「一度、保名がうちに来たことがあるよ。雨だというのに、きみがどこかに行ってしまったと。他の心当たりも捜そうとしていたから、子供でもあるまいし、あまりあちこち尋ねてまわると、かえって大事になりかねないと言っておいたが」

「……それはどうも」

いったい保名は、いつから探っていたのか。

「それでね、思い出したんだ。ここのところずっと、きみは付き合いが悪い。ああ、責めているわけじゃないから気にしないでくれ。逆に、これまでの付き合い以上にきみが優先するものは何だろう――そういえば、きみに恋心のことを訊かれたことがあった」

「……」

「そう考えると、きみもとうとう恋を知ったのだとしか、考えられないんだ」

火の粉がはぜる音が、小さく響いている。

「……考えすぎですよ」

「そうかな。私は弓の腕前はたいしたことはないが、恋のことなら、的を外さないよ」

そう言いながら、敦時は一歩、雅遠のほうに歩み寄って、扇で口元を隠し、さらに声を落とした。

「気になるね。きみに一番近しい保名にまで秘密にしている相手とは、いったいどこのどんな女人なのかと……」

「……」

雅遠は今度こそはっきりと、敦時を見据えていた。篝火の色を映すその顔が、出家前の爽信に、陵王の面より怖いと評されたときと同じ表情だということに、雅遠自身は気づいていない。

敦時は、ふっと目を細めた。

「恋とは密やかなものだよ。誰にも言うつもりはない。もちろん保名にもね」

「……」

「そのうち話を聞かせてくれ。きみがいいと思ったときに」

からかうでもなく、世間話のようなごく軽い口調で言って、敦時は自分の牛車へと戻っていった。雅遠は、知らず強張っていた肩から、ようやく力を抜く。

敦時が言わないというなら、誰にも言わないでいてくれるだろう。だが、自分は慎重にしているつもりでも、時が経てば、やはりこうして徐々に気づかれていってしまうものなのだろうか。

……恋ってのは、やっぱり厄介なものなんだな。

ため息をつき、雅遠も牛車に乗りこんだ。

桜姫に恋をしたことに、後悔はない。微塵もない。むしろこれまでのことを思えば、よくぞ自分の相手をしてくれる姫君がこの世にいたものだと、感謝したいぐらいだ。

しかも可愛い。自分を見つめる、あの深く黒い瞳。やわらかな、小さな唇——

あの美しい声で語る言葉が、悲しい言葉でなければいい。憂える横顔にも心動くが、やはり向けられるならば、やさしい微笑みがいい。あるいは、楽しそうな笑顔。

……桜姫に逢いたいな。

明日は、できるだけ朝早く白河に行こう。そう考えながら雅遠は、保名に言われたことも思い出していた。

雅遠様は、わかっておられませんよ──

わかっていなかった。それは事実だ。何もかも、保名に言われたとおりだ。自分は甘い。

だが、それならどうすればいいのだろう？

父は自分を見限っている。利雅を五位蔵人に就かせておきながら、一応は嫡子である自分を無官のまま据え置いているのは、能力のない息子を世に出して、笑い者になりたくないからだ。そんな父に、仮にいますぐ何かの役職に就けてくれと頼んだところで、渋い顔をされるだけだろうし、親の威光で官位を得たとしても、父が権力争いに負ければ、結局は一蓮托生、自分も破滅する。

牛車に揺られながら、雅遠は奥歯を噛みしめた。

桜姫を守りたい。

そう、守りたいのだ。桜姫を縛る得体の知れない呪いから。世間の冷たい目から。

桜姫の一生を守るために、自分はどうすればいいのか。その答えが見つからない。

がくりと大きく揺れて、牛車が止まる。外の従者に声をかけられて、四条の屋敷に着いたのだと気づいた。

車を降りると、そこに保名が立っていた。唇を引き結び、まだ厳しい顔をしている。

「……隆通のところで騎射をしてきただけだぞ」

「存じてます」

足早に庭を突っ切る雅遠に、保名も小走りでついてくる。足元はすっかり暗く、向こうにぼんやりと西の対の灯りが見えるだけだった。

「もう、あそこへは行かないと約束してください」

階の下で沓（くつ）を脱ぐ雅遠に、保名が抑えた口調で話しかけてくる。

「……できない約束はしない」

「雅遠様！」

「大声を出すな」

雅遠はゆっくりと簀子へ上がり、部屋に入った。見えるところに女房たちはおらず、奥から微かに笑い声が聞こえるだけで、端近（はしぢか）はいつもどおり静かだった。

「……雅遠様が、まだあそこに通うおつもりなら、私は殿にお話ししますよ」

「なんだ、まだ話してなかったのか」

畳に腰を下ろすと、肘（ひじ）をかけようとした脇息の上に、袋に入った笛があった。『雨月』だ。ここに置いたままにしてしまっていた。

手にとって眺めると、袋は錦（にしき）で作られているが、ずいぶん古びて、ところどころ擦り切れている。そういえば、和琴も古そうだった。この横笛もそうなのだろう。

「おいそれとお話しできるはずがないでしょう。相手はあの……殿が聞いたら、どう思われるか……！」

雅遠の前に両手をついて、保名が懇願する。

「お願いします。いまなら殿がお知りになることもなく、事は穏便に済ませられます」

「……その場合は、俺が一番、穏便には済まないな」

雅遠は笛を袋から出した。古いぶん、深みのある色をしている。これほど笛の下手な自分が吹いても、それなりの音が出たということは、きっと逸品なのだ。

「何故ですか。いったいどうして、雅遠様があのような――」

保名の言葉を断ち切るように、雅遠は笛を吹き始めた。ゆっくりと、慎重に。だが、確実に音を出しながら。桜姫に教えられたとおり。

昨日教わったところまでを吹き終えて顔を上げると、保名が目を丸くしている。

「……雅遠様、笛なんて吹けましたか？」

「これしか吹けない」

「いつのまに、そんなに……あれほど楽器はお嫌いだったじゃないですか」

「いまだってそれほど好きじゃない。教え方がよければ、俺でもこのくらいは吹けるようになるってことなんだろうな」

「誰に教わって――」

言いかけて、保名は口をつぐんだ。訊かなくとも、誰だかわかった様子だった。

「……俺が笛を吹くと、喜ぶからな」

笛が似合うなんて言うのは、桜姫ぐらいのものだ。他の誰もそんなことは思わないだろうが、それで桜姫が笑ってくれるのなら、本当はどれだけ無様だろうが、笛ぐらい吹いてやる。

ふと見ると、衝立障子の陰から、女房たちが数人、こちらをうかがっていた。

「──何だ」

「い、いえ、何でも……」

わざとぶっきらぼうな口調で尋ねると、揃って首を振り、そそくさと奥へ戻っていく。笛の音を聴いて、いったい誰が吹いていたのかと見にきたのだろう。どの顔もあからさまなほど驚いていたが、それも無理はない。

「……本当に残念ですよ。もしこれが別の姫君でしたら──」

「俺に楽器を教えることもできないだろうし、そもそも恋歌も送らない俺なんか、相手にもしないだろうな」

返事を先まわりしてやると、保名は世にも情けない顔をした。

「あの、歌などは……」

「一度もやり取りしてない。歌は嫌いだと言ってある」

「……」

途惑っている保名を横目に、雅遠は袖口で笛を拭いて、袋にしまう。

「俺が無理やり押しかけて通ってるんだ。だから桜姫は悪くない」

「桜……姫？」

「俺が勝手に、そう呼んでる。……まだ名前は教えてもらってないからな」

「……ですが……その、世間では……」

「鬼姫か。一番似合わん呼び名だ」

雅遠は脇息に頬杖をつき、ふんと鼻を鳴らした。

「世間やおまえがどう思ってようと、桜姫は鬼なんかじゃない。――あの姫が鬼だっていうなら、世の中、鬼だらけだ」


結局、保名は何を言っても納得していないようだった。

……残念なのは俺のほうだ。

生まれたときから一緒にいる乳兄弟だ。他の誰にも理解してもらえなくても、保名ならわかってくれるのではないかと、淡い期待を持っていたのだが、それも甘かったということなのだろう。

雅遠は部屋の隅にある帳台(ちょうだい)の中で横になって、天井から吊(つ)り下げられている燈籠(とうろう)の灯りをじっと見つめていた。普段なら休んでいるころだが、目が冴(さ)えて眠れない。

何度目かわからないため息をついて、雅遠は寝返りを打った。

決して情が薄いわけではない、むしろ人が好(い)いくらいの保名でさえ、ああなのだ。いったい桜姫は、いままでどれほどの孤独を味わってきたのだろう。せめてもの救いは淡路と葛葉だが、呪いを強く否定してはいないのは、二人も桜姫と同じように、心が囚(とら)われてしまっているからなのかもしれない。

……俺は、どうしてやればいい？

またため息をつきかけて、雅遠は呼吸を止めた。

ぎしり――と、何かが重くきしむ音がした。

燈籠の火が揺らぐ。

吹きこんできた風に、一瞬、几帳がはためいた。

「……」

そんなはずはない。夜のうちは、格子を閉めてあるのだ。それなら、いまのは格子の開く音。いったい誰が。

雅遠はとっさに起き上がり、緩んでいた帯を手早く締める。重ね着た単と袿(うちき)の袖をまくり上げ、身構えながら帳(とばり)の陰から様子をうかがった。

格子が——開けられている。下半分は取り外されて、上半分を、いままさに、誰かが押し上げているところだった。

人影が四つ。そのうち二人の手には、長く光る物——

「起きろ、盗賊だ!!」

出せる限りの大声で叫びながら、雅遠は飛び出した。四つの影が振り返る。

「誰か来い！　——盗賊だ、捕らえろ!!」

もう一度叫びながら、雅遠は太刀を置いてあるところまで走った。屏風が派手な音を立てて倒れる。

雅遠が抜刀したとき、盗賊らは、すでに四方に散っていた。一人は伏籠に掛けてあった衣を摑み取り、一人はもっと奥へ駆け入ろうとし、一人は逃げ道を作っておくためか、さらに格子を開けており——刀を持った一人が、雅遠に斬りかかってくる。

刃のぶつかる鋭い音が響いた。奥から幾つかの悲鳴が聞こえる。

「——逃げろ!!　随身を呼べ！」

髯面の男と刀を合わせながら、雅遠は奥に向かって怒鳴った。斬り合いなどしたことはないが、退くわけにもいかない。必死に太刀を振るっているところへ、ようやく家人たちが駆けこんでくる。

「若君様、御無事ですか！」

「灯りを持ってこい!」

「おい、あっちに一人いるぞ——」

随身らがこちらに向かってくるのを見て、髯面の盗賊は顔を歪め、開いている格子のほうへと踵を返そうとした。雅遠がすかさずその脚を叩くように斬ると、盗賊は短い叫びを発しながら転がった。几帳や文台が倒れ、硯箱の中身が散らばる。

……笛!

あのあたりに『雨月』を置いてあった。他の何を盗られても構わないが、あれだけは奪われるわけにはいかない。

雅遠はすべりこむようにして、倒れた盗賊の傍らに落ちていた錦の袋を掴んだ。その頭上を、何かがひゅっと唸りながら通り過ぎる。背後で随身たちが絶叫した。

「弓だ、弓を持ってる!」

「下がれ下がれ!」

何事かと見まわすと、さっき格子を開けていた男が、簀子から部屋の中に向けて、弓矢を番えている。雅遠は笛を懐に押し入れて、一番近い柱の後ろに転がりこんだ。

と——奥のほうから、誰かの口笛が聞こえた。倒れていた髯の男がよろけながら立ち上がり、簀子にいた男が構えていた弓矢を下ろして、庭に飛び降りる。あれは引き揚げる合図か。

「おい……」

逃がすな、と言おうとして、振り返った随身たちの後方に、抜刀した見慣れぬ男が走ってくるのが見えた。

「――危ない、後ろ!!」

抜刀した男が駆け抜けざまに随身の一人を斬ろうとしたところを、雅遠が一瞬早く飛びこみ、刃を弾き返す。

刹那、左の肩口に、何かがぶつかった。首をねじ曲げて後ろを見ると、さっき脚を斬った髯面の男がすぐそこにいる。

「……っ」

雅遠は体勢を沈めて髯の男の脛を蹴った。ぐらついたその男の腕を、抜刀した男が掴んで力任せに引きずっていく。追おうと立ち上がったそのとき、保名の悲鳴のような声がした。

「雅遠様!?」

「保名か？　無事か。皆は――」

「ま、雅遠様、あ……」

「賊は四人いたな。あと一人は？　――おい、追え！　捕らえろ！」

「……っ、雅遠様！　お怪我を……」

「あ？」

保名が口を大きく開けたまま、雅遠の背中を指さしている。いったい何なのかと思ったそのとき、左肩のあたりに、引きつったような痛みが走った。

「……保名、鏡。それと灯り」

「は……はい」

燈台にも火を点け、保名が鏡を持ってくる。

「……」

さっき肩に何かぶつかったと思った。あのときだ。雅遠は眉間に皺を刻み、真一文字に口を引き結んだ。

灯りの下、雅遠の左の肩から背中にかけて、白い袿が黒っぽく染まっている。

──斬られたのだ。

「傷が癒えるまでは、おとなしくしていていただきますよ」

そう言った保名の顔色は、青白い。

四条の左大臣邸に盗賊が押し入ってから、一夜明けた。四人の盗賊はあのまま闇夜に紛れて逃走し、結局捕らえることができなかったが、随身が駆けつけたのが早かったため、衣を何枚か盗まれただけで済んだという。もっとも、さんざん暴れられたので、あちこちで物が壊れ、女房たちが朝から後片付けに追われている。

怪我をした者も数名。盗賊を追っているさいに転倒したり、逃げる盗賊の刀に引っかけられたりしたようだが、いずれもたいした傷ではなかった。その中で一番の深手といえば――雅遠かもしれない。

「たかが皮一枚斬られただけで、大袈裟だな」

「皮一枚じゃありませんよ！　治っても痕が残ると言われたじゃないですか！」

「女ならともかく、男が傷ひとつ残るぐらいでいちいちわめくな」

雅遠はうんざりした表情で、片手を振った。

受けた傷は左肩から背中にかけて、三、四寸ほど。医師の見立てでは、傷痕はしばらく残るかもしれないが、あまり動かさず、数日ほど安静にしていれば完全に塞がるだろうから、心配するようなものではないという。

もっとも、せめて血止めのために布でも巻いておくほうがいいとは言われたのだが、窮屈だからと、断ってしまっている。

「ですが、こんな……よりによって、雅遠様が……」

「仕方ないだろ。俺が真っ先に出くわしたんだ。捕まえられなかったのは残念だが、あれでも生きてたんだから、運がいい」

雅遠が視線を向けた先を保名も振り仰いだ。柱の一本に矢が刺さった痕跡がある。

「あれな、ちょうど俺の頭の高さだ。弓まで持ってる盗賊だったとは、油断ならんな」

「どっ……どこが運がいいんですか!!」

「屈んでたから刺さらなかった。運がいいだろ」

「よくないです！　やっぱりこれは──」

そのとき急に奥が騒がしくなって、女房の一人が小走りにやって来た。

「若君様、殿がお見えでございます」

「……父上か」

雅遠は傍らに置いていた笛の袋を袖の下に隠し、袿を羽織り直して姿勢を正す。保名も慌てて後ろへ下がり、平伏(へいふく)した。そこに父、源雅兼が足音を立てて入ってくる。

「怪我をしたそうだな」

開口一番そう言った雅兼は、険しい面持ちをしていた。

「少し。……ま、たいしたことはありません」

「警備はどうなっていた。西の対だけ狙われたということは、ここが手薄だったということではないのか」

「……」

見舞いではなく、説教に来たのだ。雅遠はため息を押し殺して、立ったまま息子を見下ろす父親をちらと見た。

「他の対の屋の警備がどのくらいのものか知りませんので、特にここが手薄だったかどうかは、俺には判断しかねます。――ただ、盗賊が出るのはいまに始まったことじゃないですから、随身どもに常に心得ておくようにとは、言ってあります」

　本当は地理のうえで、この西の対が庶民の暮らす小屋が建ち並ぶあたりに最も近く、細い路地を使って盗賊が逃げやすいからではないかと思うが、父の形相（ぎょうそう）からは、その意見まで聞く耳を持つような気配はなかった。

「頼りないものだな。おまえの対の屋だけ狙われたと知れたら、またあの男が儂を笑い者にするに違いないというのに」

　あの男とは、父の政敵、右大臣のことだ。盗賊に入られた家に気遣いの言葉をかけるのではなく、笑い飛ばすのだとしたら、普段からどれだけ仲が悪いかが知れる。

「……賊に入られたのは、うちだけじゃないでしょう。いくら何でも、笑いはしないと思いますが」

「そこで笑うのがあの男だ」

　忌々しげに吐き捨てて、雅兼は雅遠を見据えた。

「とにかく、二度とこのような失態はするな。せめて賊を捕らえたならともかく、取り逃がしたとは、いい笑い者だ。もっと左大臣家に住まう者としての自覚を持て」

「……」

雅遠は返事の代わりに、黙って頭を下げた。こちらが納得しているかどうかにかかわらず、そうしてさえおけば、父親はその場だけでも満足するのだ。案の定、雅兼は大きくうなずいて、歩き去った。

「相変わらず、殿はお厳しいですね……」

保名がため息まじりにつぶやく。雅遠は同意も否定もせず、無言のまま姿勢を崩し、脇息にもたれた。やはり動かすと、傷は痛む。

これが利雅だったなら、父は何を言うのだろう。怪我の具合を尋ね、見舞いらしい言葉のひとつもかけるのだろうか。

……馬鹿らしい。

父にとって自分と利雅は正反対。出来のいい息子にかける言葉なら違って当然だ。

ふと、桜姫なら――と考えて、雅遠は浮かんだ苦笑を片手で隠した。

やさしい言葉をかけてくれるだろう。利雅と比べただけでは頭の良し悪しなどわからないと言ってくれた、決して風流を知らないわけではないとも言ってくれた、桜姫ならば。

だが、いまその言葉を望むのも、甘えかもしれない。本当なら自分が桜姫を励まし、守るべきで、己の弱さを慰めてもらうために逢うわけではないのだから。

……でも、この怪我のことを知れば、心配するだろうな。

自分の痛みは隠すくせに、人のことばかり案じる可愛い姫君には、盗賊と斬り合って傷を受けたことは、絶対に覚(さと)られないようにしなければならない。痛む素振りさえ見せなければ大丈夫だ。

「——保名」

「は、はい？」

「色の濃い単と狩衣を用意しておくように、女房に言っておいてくれ。二藍でも萌黄(もえぎ)でも、紫でも何でもいいから、できるだけ濃い色のだ」

「……何故、濃いお色を？」

「傷口は塞がってるだろうが、万が一、着てるものに血がついたら、見苦しいだろ」

「はぁ。言いつけてはおきますが——」

保名が剣呑な顔になった。

「それを着て、どこかにお出かけにはならないでくださいよ。私が出仕しているあいだでも、誰かに見張らせますからね」

「……おまえも疑(うたぐ)り深いな」

どうにかして白河へ行こうとしているのは、見抜かれているようだ。

朝だというのに、外は薄暗い。

また、雲行きがあやしくなってきた。

＊＊　　＊＊　　＊＊

どうすればいいのか――

保名は大内裏（だいだいり）の大膳職で、爪を噛んでいた。周囲の職員たちは、今度梅壺で催（もよお）される管弦の宴のための料理の献立を話し合っている。

雅遠は、白河の鬼姫を諦めていない。……雅遠は物事にさほど執着する性質（たち）ではないが、そのかわり、これと決めたことは絶対に曲げようとしないところがあり、意固地になると厄介だ。

できることなら、いまのうちに穏便に別れさせたい。雅遠にはつい雅兼に報告するようなことを言ってしまったが、本当はそんなことができるはずはない。よりによって、世間で鬼と呼ばれているような姫君のもとへ通っているなどと知れたら、ますます雅遠の嫡子としての立場が危うくなってしまう。

雅遠があaまで言っている以上、一度や二度の説得では、諦めてくれないだろう。だとするなら、残る手立ては――

「……というわけで、少進、よろしいですかな」

「へっ？」

しまった。……聞いていなかった。

「ああ……申し訳ない。ちょっと、ぼんやりしていて……」

「お疲れですかな。無理もない。昨夜は大変だったそうじゃないですか」

中でも気のやさしい職員の言葉に、周りの者たちも、そういえばとうなずいた。

「そうか、保名は左府様の御子息の乳兄弟だったな」

「しかし左府様のお屋敷にまで入りこむとは、ふてぶてしい賊どもだな」

「いやいや、近ごろでは、どこの誰など構わぬ狼藉ぶりだとか……。一昨日の晩などは、二条中納言様のお屋敷も押し入られたそうですぞ」

「二条中納言家にも？」

保名は思わず、大きな声を出してしまった。

「そ、それは本当で……」

「本当ですとも。恐ろしいことです」

「……」

白河の鬼姫は、二条中納言の大君だ。関わると災いを呼ぶ姫君——

保名は、ごくりと唾を飲みこんだ。

このままではいけない。……何とかしなければ。雅遠のために。

＊＊　　＊＊　　＊＊

雅遠が連れ戻されてしまったのが、昨日の朝。それから一日半経った。

たったの、一日と半分。

時の流れは、これほどにゆっくりしたものだったろうか。

……きっと今日も、来られない。

もう昼はとうに過ぎたころだ。灯火(ともしび)を持った従者がついてくるのではない、単身馬でやってくる雅遠は、暗くなってしまうと、道行きが困難になる。月でも出ていればともかく、この曇り空では無理だろう。

考えて、詞子はふっと自嘲の笑みをもらす。

「……姫様？」

「どうかされましたか」

側で繕(つくろ)い物をしていた淡路と葛葉が、顔を上げた。

「……つくづく、自分は愚(おろ)かだと思っていたの」

「姫様が？」

「あれほど、来ないでと言っておいて……」

「……」

　針を持つ手を止めたまま、淡路と葛葉は無言で目を落とす。詞子は苦笑して首を振った。

「独り言よ。気にしないで」

「……そのうち、おいでになりますよ」

　葛葉が、何でもないことのように言って、また針を動かし始める。

「あたしが何を言ってやっても、いくら瑠璃に蹴られても、懲りるということを知らない方のようですから。そのうちまた図々しく居座るに決まってます」

「ええ、きっとおいでになりますよ」

　淡路もうなずいて、気遣うように微笑んだ。

「それに、ここに通っていることを知られたといっても、昨日の者は乳兄弟とのこと……。乳兄弟が、主の気持ちを無下にはしないと思いますけれど……」

　淡路の母親は、淡路の妹を産んで詞子の乳母になったが、その淡路の妹はほどなく死んでしまった。だから淡路は、詞子を妹のように思っている。そんな淡路ならば、そうも考えてくれようが。

「……今度お見えになったら、こういうときは間を空けずに来るものだと、言ってお
やりになればいいんですよ」

「葛葉ったら……」

詞子が小さく笑ったそのとき、奥で寝転がっていた瑠璃と玻璃が、ぱっと起き上がって庭のほうに向かって走り出した。

「瑠璃、玻璃？」

御簾の隙間をすり抜けて出ていく二匹を目で追って――詞子は、庭先に誰かが立っているのに気がついた。雅遠ではない。淡路と葛葉も気づき、繕い物を置いて腰を上げる。

「……あれは、昨日の？」

「雅遠様の乳兄弟の方ですね」

葛葉が御簾越しに、声を張り上げた。

「――何か御用ですか」

「あ……ど、どうも……」

歯切れの悪い返事をして、雅遠の乳兄弟が頭を下げる。

「御無礼いたします。あの……こちらの姫君様に、お願いがあって参上いたしました」

「お願い？」

「はい、あの……」

しばらく何か迷うような様子を見せ、それから雅遠の乳兄弟は庭に膝をついて、もう一度深く頭を下げた。

「お願いします、どうか――どうか、雅遠様と別れてください!!」

「……」

葛葉が振り返り、詞子、淡路とも顔を見合わせる。

「やっぱり、良くは思われていないのよ……」

「で、ですけどっ……」

「姫様に言うのは、筋が違いますね」

葛葉はまた庭のほうに向き直り、はっきりとした口調で返した。

「――お願いされても、ここに通っておられるのはあなたの主ですよ。うちの姫様に言いに来る前に、あなたの主に言ったらどうです」

「言いました！　言いましたが、聞き入れてはくれませんので……」

「そうでしょうね」

葛葉は御簾越しに、冷ややかに雅遠の乳兄弟を見下ろす。

「聞こうと聞くまいと、話はそちらで御勝手に。うちの姫様があなたの主を呼びこんだわけじゃありませんから」

「そんな……！　雅遠様がどうなってもいいと仰るんですか!?　お願いですから、雅遠様にこれ以上の災いは起こさないでください!!」

「……え？」

詞子は、思わず立ち上がっていた。

いま、何と言ったのか。これ以上の災いは——

ぶつかるようにして御簾に飛びつくと、雅遠の乳兄弟が膝をついたまま、泣き出しそうに顔を歪めているのが見えた。

「昨夜、昨夜、四条のお屋敷に、盗賊が入ったんです！　雅遠様が盗賊に、き、斬られて、お怪我を……」

「……」

どこか、とても遠くから告げられた言葉のような気がした。

雅遠様が盗賊に斬られて、お怪我を。

……雅遠様が。

「よ……よりによって、雅遠様の対の屋だけが狙われて……あ、二条中納言様のお屋敷も、盗賊に襲われたそうじゃないですか。そんな、だから……！」

「——何が言いたいんですか！　帰ってください！」

「そ、そうですよ。そんなこと姫様には……」

雅遠の乳兄弟の声、葛葉の声、淡路の声、瑠璃と玻璃の唸り声——

怪我をした。

雅遠様が傷ついた。

盗賊。

雅遠様だけが。二条も。

これ以上の災いは。

怪我をした。

雅遠様が。

……とうとう、雅遠様に……。


切り裂くような叫び声が響き渡った。

「姫様っ!?」

「……姫様！」

頭を抱えて倒れ伏した詞子に、淡路と葛葉が駆け寄る。

「姫様、大丈夫──」

「いや……いや、いや────────っ!!」

「姫様、おやめください、姫様……！」

泣き叫びながら、詞子は床を叩いていた。髪を振り乱し、何度も何度も叩くうち、床板のささくれで両手に血がにじみ出す。淡路と葛葉が必死に止めようとするが、詞子はその手も振り払い、叫びながら床を叩き続けていた。

何も、考えていなかった。

何も考えられなかった。

何も考えたくはない。

もう何もかも――いっそ壊れてしまえたら。

「……」

どれほど叫び、どれほど叩き続けていたのかわからない。

いつのまに、雅遠の乳兄弟が立ち去っていたのかも知らない。

急に、ふつり、と何かが途切れた。

「姫様――姫様っ？」

「姫様、しっかりなさって……」

詞子はそのまま、気を失っていた。

＊＊　　＊＊　　＊＊

仕方ない、仕方ないと自分に言い聞かせ、保名は鴨川へ出る道をひた走っていた。

全部雅遠のためだ。そう思って、耳にこびりついた絶叫を懸命に忘れようとした。取り乱した——などという、生易しい声ではなかった。恐ろしいほどの、底知れぬ何か、まるで天が崩れ落ちるのを目の当たりにしたような、そんな叫び。

……駄目だ、思い出したら。

走りながら頭を振ると、すれ違った誰かにぶつかった。すみません、と言葉になっていたかどうかを気にする余裕もない。

仕方ない、仕方ない——口の中で繰り返しながら、保名はひたすら白河から逃げようとしていた。

＊＊　＊＊　＊＊

白くやわらかな手のひらに刺さった棘を、葛葉が毛抜きを使って丁寧に取り去っていく。抜き終わると、淡路が水に浸した布で乾きかけた血を拭って、薬を塗る。

詞子は気絶したまま、目を覚まさない。塗籠まで運ぶことができず、ひとまず廂の茵に寝かせておくしかなかった。

「……床、きれいに削っておかないと駄目だったわね」

「そうですね……」

いまさらながら、荒れた屋敷に住んでいるのだと思い知らされる。

傷ついた詞子の両手に細く裂いた布を巻いていた淡路が、顔を上げた。

「……雨」

扇で詞子に風を送っていた葛葉も、外に目を向ける。

「また降ってきましたね」

「今年はずいぶん長雨が続くこと……。もう明けてもいいころでしょうに」

「……ええ」

会話が途切れ、雨音と、場違いなほど軽やかな蛙の鳴き声だけが聞こえてくる。瑠璃と玻璃も、どこか寂しそうに御簾の下にうずくまっていた。

「四条に……行ってこようと思うんです」

「……え？」

淡路は、葛葉を振り返った。扇であおぐ手は止めず、葛葉はじっと詞子の青白い顔を見つめている。

「四条って……雅遠様に会いにいくの？」

「さっきの話だけでは、詳しいことはよくわからないじゃないですか。怪我の具合とか……姫様は気にされるでしょう。あたしが行って、確かめてくるのが一番です」

「でも、場所はわかるの？」

「有輔さんか筆丸に一緒に行ってもらいます。あとは人に聞けば、左大臣の屋敷なんですから、すぐわかると思いますよ」

「……入れてもらえるかしら」

「どうでしょうね。でも、何とかします」

葛葉は細い目をさらに細め、表情を険しくした。

「……あたし、ずっと何もできないままでした。あのときと同じです。あの女が姫様の前に現れたとき、一番近くにいたのに、あたしは何もできなかった」

痩せ細った、恐ろしい形相の、色あせた韓藍の衣を着た女。

詞子を守らなくてはいけなかったのに、あまりの異様さに恐怖が勝り、身動きひとつできなかった。目の前で、詞子に呪いの言葉がかけられるのを、ただ見ていただけ。

「生まれてすぐ親と死に別れて、身寄りもなくて、あちこちで引き取られては追い出されの繰り返しで……こんな顔ですから、おまえは狐の娘だろうから森へお帰りとまで言われていたあたしを、姫様はお側に置いてくださったんです」

「……憶えてるわ。大人たちがあなたをからかったら、姫様が……」

おまえが狐の子なら、一緒にいれば、きっとあたたかいでしょう——と。

淡路が、懐かしそうに微笑んだ。

「幾つのときだったかしらね、あれはたしか、わたしが七つ、姫様と葛葉が四つ……」

「……あのとき思ったんです。この姫様に、ずっとお仕えしようって……きっとお役に立とうって、それなのに……」

目に涙をためて、葛葉は歯を食いしばる。淡路がうつむいて、首を振った。

「わたしもよ。姫様を妹とも思ってきたのに、肝心なときには何もできなかったわ。それどころか、姫様の呪いはどうやっても消えないものだと信じこんで……」

雅遠のように災いを否定することも、鬼ではないと励ますことも、してこなかった。

仕方ないことなのだと、諦めて——詞子の一番近くにいながら、詞子の苦しみ、悲しみから、目を背け続けていた。

「……姫様は、どれほどお寂しかったか……」

「淡路さん……」

玻璃が、くぅ、と哀しげに喉を鳴らす。

唇を嚙みしめていた葛葉が、目を上げた。

「明日、行きます。四条へ」

今度こそ——詞子のために、何かできるように。

＊＊　＊＊　＊＊

出かけられずにいるうちに夕刻になってしまい、とうとう雨まで降ってきた。

……保名のやつ、本当に見張りを置いてったな。

女房たちはいつもどおり奥にいるが、近くに随身が三人ほど控えている。

「おい——保名はもう帰ってるのか？」

近くにいた随身に尋ねると、先ほどお戻りになりました、と返事があった。帰っているのに姿を見せないということは、顔を合わせれば、また出かける止めるの押し問答になることが目に見えているからだろうか。

用意させた濃い萌黄の単と紫の狩衣は、伏籠に掛けたままだ。

「……」

大きく息を吐き、意味もなく笛を袋から出したり戻したりしていると、家人が一人、遠慮がちに声をかけてきた。

「あの、若君様にお見舞いのお客様でございますが……」

「誰だ？」

「それが、爽信とか申す僧侶で……」

「爽信!?」

助け舟かもしれない。雅遠はすぐに通すように告げ、控えていた随身らに、大事な客人なので下がっているようにと言い渡した。随身らは迷っていた様子だったが、結局は主の命令を聞いて退出する。

　ほどなく、爽信が家人に連れられてやって来た。粗末な僧衣の、肩のところが雨に濡れている。雅遠は爽信に円座を勧め、爽信は座って頭を下げた。

「突然お邪魔し、申し訳ございませぬ。昨夜は災難がおありだったと小耳に挟み、近くまでまいりましたので、お見舞いを……。なに、すぐ帰ります」

「いやいやいや、わざわざすまない。よく来てくれた。ちょうど退屈してたところだったんだ。——何しろ、外に出してもらえなくてな。どこにも行けないんだ」

　どこにも行けない、の部分の、含みのある言い方に、爽信が納得したようにうなずき、人払いされているのを確かめてから、声を落とす。

「実はつい先ほど、先日お見かけした、貴殿の乳兄弟の方と行き違いましてな」

「保名と？」

「はい。川向こうで……」

　雅遠は、息をのんだ。爽信は無言の問いかけに、目だけで答える。

　保名が白河に行ったのだ。……何のために。

「走ってこちら側にお戻りのところをお見かけしただけですが、何やら尋常ではない御様子が気になりまして、いらぬことかもしれませんが、貴殿に……。もしや、乳兄弟の方が、貴殿の行き先に気づかれたのではないかと——」

「……保名ぁ!!」

雅遠の怒声に、爽信が思わず座ったまままのけ反った。雅遠はなおも、奥に向かって怒鳴る。

「保名!!　いるならここへ来い!!　──おまえたちは下がってろ！　保名だ!!」

あまりの剣幕に、保名ではなく随身や女房らが先に集まってきたが、雅遠に一喝され、蜘蛛の子を散らすように逃げていった。

ほどなく保名が、肩を丸め、いかにも渋々といった様子で現れる。

「な……何事ですか、そんな大声で……」

雅遠はやおら立ち上がり、保名の胸ぐらを締め上げると、力任せに床に引き倒した。

保名が潰れた声で短くうめく。

「──おまえ、何しに行った」

「っ……」

「何しに行った!!」

雅遠は保名の襟元を摑んだまま、今度は荒々しくその体を引き起こす。激しく揺さぶられて、保名は苦しげに顔を歪めた。

「……ま、雅遠様と、別れ……お願いを」

「何だと？」

「これ以上、災いは……っ」

いまにも眦が切れそうなほどに目を剝き、雅遠は、大きく吸った息を止めた。

「……言ったのか、怪我のこと」

保名はがたがたと震え、必死に雅遠から目を逸らして、助けを求めるようにそこにいた爽信を見たが、爽信は、ただ気の毒そうに保名を見つめ返しただけだった。

雅遠がさらに声を低くして、保名に詰め寄る。

「桜姫に、言ったのか」

「……」

「言ったんだな」

「まさ……雅遠様の、ために……」

「俺を言い訳にするな!!」

投げ捨てる勢いで保名を放すと、雅遠は御簾をはね上げ、雨の中、外へ飛び出した。

背中の傷は、ずっと引きつれたように痛んでいたが、そんなことはどうでもいい。

一刻も早く——桜姫のところへ行かなくてはならない。

桜姫が何より恐れているのは、他者を呪いに巻きこんで、災いをもたらすこと。

……違う、これは、そなたのせいじゃない。

次第に暗くなっていく道を、雨に打たれながら、雅遠は愛馬を走らせていた。着替えもせず、それどころか裸足のままだということにも、気づかないまま。

さっきから瞼の裏に、いつも自分を鬼だと言うときの、諦めきった寂しい顔ばかりがちらついている。

……泣くな。頼むから泣くな……！

もういい。自分がどれほど馬鹿で、どれほど甘くて、何もわかっていない愚か者だとしても、側にいさえすれば、少なくとも余計な傷は与えなくてすむのだ。

側にいなければ、守れない。

いま行くから——

雅遠は奥歯を噛みしめ、雨にしぶく道をにらみ据えた。


赤い唇が、言葉を紡ぐ。

わたしの娘を見捨て、不幸せにしたなら、許さない。

おまえ自身も、おまえに関わるすべてのものも、何もかもを滅ぼしてやる。

……忘れていないわ。

だから、どうか、お願い。

あのひとは助けて。

わたくしはどうなってもいいから、あのひとは。

艶子は見捨てない。自分の幸せも諦めているから、どうか、どうかあのひとは。

……雅遠様は。


湿った匂いがする。雨の匂い。……でも、渋みが強すぎる。

顔に雨粒があたって冷たい。外にいたらいけない。中に入らないと。

桜姫。

……ほら、呼ばれている。

誰に？

そう呼ぶのは、ひとりしかいない。

あのひとだけ──

「……」

ぼんやりと雅遠の顔が見えた。泣いている。……違う。髪から雫が滴り落ちている。

「桜姫。──桜姫、気がついたか」

「……」

「俺だ。わかるか」

わかる。逢いたかった。

逢ってはいけなかったのに。

「……さい……」

「うん？」

「ごめ……なさ……」

雅遠の顔が悔しそうに歪んで——きつく抱きしめられて、その表情は見えなくなる。

触れ合った肌が冷たい。どうしてこんなに冷えているのだろう。

「謝ることなんか何もない。桜姫は悪くない。怪我したのは、俺が油断したからだ。桜姫のせいじゃない。……逆だ。桜姫のおかげで、俺は命拾いした」

「……怪我……」

そうだった。怪我をしたと。

詞子は二、三度瞬きをし、ゆっくりと息を吸って吐き、雅遠の腕に預けていた体を起こそうとした。

「起きられるのか」

「……どこに怪我を……具合は」

「かすり傷だ。すぐ治る」

「でも」

「動けない怪我なら、ここに来てないだろ。いつもどおり馬に乗ってきたんだぞ」

「……」

雅遠に支えられて座り直し、あらためてよく見ると、雅遠は全身ずぶ濡れだった。髪の先からはぽたぽたと水滴が落ち、烏帽子(えぼし)の先はひしゃげて、衣も色が変わるほど湿っている。

「お召し物が……」

「雨だ。まったくよく降るな」

屈託なく笑い、雅遠は無造作に手の甲で濡れた顔を拭った。

確かに雨音が聞こえているが、雅遠は雨の日に来たときは、いつも簀子で濡れた衣を拭いてから中で着替えるので、こんな格好のままでいることはない。あたりを見まわすと、外はもうかなり暗く、部屋の燈台には火が入っていたが、淡路と葛葉の姿は見えなかった。

「いま、替えの衣を……っ」

立ち上がろうと手をついて、詞子は手のひらに走った痛みに顔をしかめる。見ると両手に布が巻かれていた。これは何なのか——

「着替えなら、いま淡路と葛葉が持ってきてくれるから、大丈夫だ」

雅遠が詞子の手のひらには触れないよう、指先を軽く握って、詞子を座らせる。

「痛むか。……そなたが怪我をしたら駄目だ。二度とこんなことするな」

「……」

おぼろげに思い出してきた。……取り乱して、床を叩いた。

「俺の乳兄弟が余計な話をしに来たらしいな。悪かった」

「……ごめんなさい」

「こら。謝るなって言っただろ」

雅遠が口を尖らせ、詞子の額を軽く小突く。

「……ですが、二条の家にも、盗賊が入りました」

「二条に？　本当か」

「父と妹がまいりましたので……」

雅遠の表情が、強張った。

「そっちも余計なことを言いに来たんだな？」

「……」

詞子はうつむいて、きつく目をつぶった。そうしないと、にじんだ涙がこぼれてしまう。

「冗談じゃないぞ。盗賊なんか、どこの家にだって入るんだ。たまたま入られたぐらいで、そなたのせいにするほうが馬鹿げてる」

「……雅遠様のところにも……怪我まで……」

「だから、盗賊に入られたのはうちと二条だけじゃないし、怪我をしたのは俺の腕前が未熟なせいだ。絶対にそなたのせいじゃないから、安心しろ」

「……」

そう——言ってほしかった。ずっと。

実の父でさえ言ってはくれなかったこと。

本当は、本当に、この呪いのせいかもしれない。それでも、違うと言ってほしかった。心の奥で、ずっと望んできた言葉。

何があってもそう言ってくれる、たったひとりの——

「……雅遠様……」

詞子は、雅遠の首にしがみついて泣いていた。しゃくり上げる詞子を、雅遠がしっかりと抱きしめる。

「……泣け。泣いていい。気のすむまで泣いたら笑ってくれ」

濡れた衣は冷たいのに、雅遠の頰はあたたかかった。背中を抱く腕は強くて、髪を撫でる手はやさしい。

涙の流れるにまかせて泣くだけ泣いて、雅遠はそのあいだ、ずっと子供をあやすように、穏やかに詞子を抱きしめていた。

ようやく落ち着いてきたころ、几帳の裏から、淡路が静かに声をかけてくる。

「姫様、雅遠様のお召し物を……」

「……あ……」

詞子は慌てて腕を離し、袖口で涙を拭いた。

「すみません……こんなときに」

「いや。俺も濡れ鼠のまま上がってきたから。あー、そなたの衣も湿ってるな……」

「濡れ鼠はともかく、せめて沓ぐらいは履いてきてください。床が泥だらけです」

「……え？」

替えの単と袿を持ってきた葛葉の呆れた口調に、思わず雅遠の足を覗きこむと、確かに足の裏は真っ黒で、指貫の裾にも泥はねがある。

「すまん。部屋にいた格好で出てきたから、裸足だった」

「……」

何故、と尋ねる言葉を、詞子は飲みこんだ。……自分を気遣い、沓を履くことすら忘れて駆けつけてくれたのだ。

「無茶なことを……」

「そうだな。なんでこれで馬に乗れたのか、俺も不思議だ」

いまさら足裏の泥が落ちないように、座ったままで足を持ち上げようとしている雅遠の前に、淡路が苦笑して水を入れた桶と布を置く。

「失礼します。足をお拭きしますから」

「あ、淡路、わたくしが……」

「いい、いい。足ぐらい自分で拭く。桜姫は手が痛いだろ。それより淡路、まず桜姫を着替えさせてやってくれ。そのままじゃ体を冷やす」

雅遠がさっさと足を拭き始めたので、詞子は葛葉に促されて着替えに立ち、何げなく目に入ったものに、はっとして動きを止めた。

雅遠の淡い木賊色の狩衣の、身頃と左の袖の隙間から、その下の単に染みのようなものが見えた。灯りのせいで黒く見えるが、これはまさか――

「……肩、を……？」

「うん？」

振り向いた雅遠が、詞子の視線の先に気づき、しまった、という顔をした。

「……いいから早く着替えてこい」

「よくありません！　それは血では……」

詞子は雅遠の傍らに膝をつき、衣に染みたものをよく見ようとしたが、雅遠は肩口を手で押さえて隠そうとする。

「雨が染みただけだ」

「そんなはず……」

「下手な嘘はかえって姫様が御心配なさるので、やめてください」

葛葉が冷静に言いながら、雅遠の狩衣の襟首を掴んだ。

「なっ、何だ？」

「脱いでください。血でしたら、洗って落としませんと」

「引っぱるな引っぱるな！　……わかった、脱ぐから」

「葛葉、乱暴にしないで……」

容赦なく雅遠の着ているものを引き剝がそうとする葛葉に、留めてある襟を外さなければ脱げるはずがないだろうと、雅遠がもがく。

狩衣を取り去ってしまえば、雅遠にも言い逃れのしようのない血の染みが、白い単の左肩から背中にかけて散っていた。詞子は思わず、口を押さえて息をのむ。その様子を見て、雅遠が首の後ろを掻いた。

「……最初から色の濃い単を着ておくんだったな」

「あ……」

「そんなに血が染みてたか？　まだ傷口が塞がってないんだ。……ま、何たって、昨日斬られたばかりだからな」

「……っ、こんなときに来ないでください！」

「あ」

雅遠は途端に、ふて腐れた顔になる。

「言ったな？　来るなとは言わないと約束したじゃないか」

「怪我をされているときに、という意味です！」

「せっかく来たんだから、細かいことは気にするな」

「心配するなと仰るんですか!?」

「う、いや……」

さすがにそれには反論できなかったのか、雅遠は口ごもった。

「……このようなときくらい、御自分のほうを大切になさってください」

「気が向いたらな」

「真面目に言っております」

「真面目に答えたら、俺にはそなたのほうが大事だから、それは聞けない話だ」

「……雅遠様！」

「だから見栄を張った。家の者たちの前でも、何でもない、ほっとけば治るぐらいのふりをしてないと、外に出してもらえなそうだったから、薬も血止めも断った。……それでこの有様だ」

雅遠はため息まじりに苦笑して、詞子を見た。

「心配させて悪かった。そなたに知られたら、見栄を張った意味もないな」

「……」

乳兄弟が告げに来ていなければ、きっと雅遠は、何事もなかったような顔をして、ここに来るつもりだったのだ。盗賊のことも怪我のことも隠して、痛みも堪えて。

いつもどおり、ただ、笑顔だけを見せて。

「手当て……させてください」

「ああ」

詞子が振り返ると、淡路がうなずいた。

「ちょうど姫様のお手につけた薬が残っておりますので……」

「薬があるのか」

「小鷺さんの作った薬ですよ。よく効きますがしみますから、覚悟しておいてください」

素っ気なく言って、葛葉がまたも遠慮なく、雅遠の単を剝ぎ取りにかかる。

「ちょ、おい、だから無理に引っぱるなって！」

「葛葉……」

「すぐ洗わないと乾かないですから」

「わかったわかった。……わかったから、見ても驚くなよ」

雅遠が自棄(やけ)になったように勢いよく単を脱ぎ――露(あら)わになった背中には、一本くっきりと傷が走っていた。

「……」

初めて見る鋭い傷痕に、血の気が引く。いますぐ命に関わるという傷ではないかもしれないが、決してほうっておいていいというものでもない。

燈台の小さな炎に照らされて、傷口は濡れたように光って見えた。まだ出血があるのだ。

唇を噛みしめ、詞子は、指先で雅遠の背中に触れた。

素肌のあたたかさ。……生きるものの証(あか)し。

「……雅遠様に良くないことがあるのは、嫌です」

「そうか」

雅遠は身をよじって後ろを向き、詞子の手を取った。

「俺も桜姫に良くないことがあるのは嫌だ。だから、こんなふうに二度と自分を傷つけるようなことはするな。いいな？」

「……」

詞子はあふれそうになった涙を瞬きで堪え、うなずく。

二度と――

どうか、二度と雅遠が傷つくことがないようにと、ただ願うしかなかった。

傷の手当てと着替えを済ませたころには、だいぶ日が暮れていたが、雨足は弱まりつつあるようだった。

雅遠は塗った薬が相当しみたのか、痛がる素振りこそ見せなかったものの、しかめっつらを誤魔化そうとしているような難しい顔で、脇息にもたれている。

「……いったい小鷺は何を使って薬を作ったんだ？」

「さぁ、何かの草だと思いますが、わたくしもよくは存じません。でも、切り傷にはよく効きますので……」

痛むかと尋ねたところで、平気だとしか答えないだろうことはわかっているので、あえて訊きはしない。しかしあれほどの刀傷、痛いはずだ。

「……泊まっていかれますか」

「うん？」

雅遠はちょっと驚いたように、詞子を振り返った。

「泊めてくれるのか」

「このままお帰しするのは、危なすぎます」

道は暗く雨は止まず、怪我をしているうえ沓もない。

雅遠は途端に笑顔になった。

「一緒に寝ような」

「……それは……傷に障りますから……」

「手には触らないようにする」

「わたくしの傷ではなく、雅遠様の傷です」

「あー、ほら、好きな女と一緒に寝ると治りが早いっていうだろ」

「聞いたことがありません、そんなの……」

他愛もない会話が、心地いい。前の雅遠の来訪から二日と経っていないのに、こんな時間がずいぶん久しぶりのように思えた。

だが——これも永遠でないことはわかっている。

廂で寝ていた瑠璃と玻璃が、かわるがわる鳴き始めた。

「……どうした？」

聞きつけて、淡路と葛葉も奥から出てくる。

「また何かあったんですか」

「もしかして誰か——」

言いかけた淡路が、きゃっと叫んだ。御簾に揺らめく火が映っている。外だ。

「……あの、すみません……」

弱々しい声には、皆、聞き覚えがあった。雅遠の乳兄弟――

「保名か……」

雅遠が派手にため息をついて、頭を掻いた。渋々立ち上がろうとしたところへ、葛葉がさっと前に出て御簾を上げる。

片手に脂燭、もう片方に傘を持ち、小脇に布の包みを抱えた雅遠の乳兄弟が、突然姿を現した葛葉にびっくりしたのか、一歩後ろに下がった。

「今度は何をしに来たのです！　これ以上の無礼は許しませんよ！」

「は……あ、いえ、違っ……あの」

その剣幕に押されたのか、雅遠の乳兄弟は勢いよく首を横に振り、ついでに手まで振ろうとして傘を放しかけて、持ち直そうとしたところを包みが落ちそうになり、さらに脂燭の火の粉が飛んで熱いと悲鳴を上げ――見事な慌てぶりである。

「あのっ、ここ、こちらに雅遠様は……あ、いえ！　き、着替えを届けにきただけですっ」

葛葉ににらまれたのだろう、雅遠の乳兄弟はおろおろと首を振り続けた。

「信用なりませんね。大方また姫様にいらぬ話でもしようというつもりでしょう」

「違います！　わ、私の主が、沓を置いて出ていってしまいましたので……あの、これさえ渡していただければ……」

抱えた包みは、着替えと沓らしい。

詞子は几帳の後ろに身を引いて、葛葉に声をかけた。

「葛葉、簀子に上がってもらいなさい。まだ雨が降っているのでしょう」

「ですが……」

「いい、いい。追い返せ」

「いけません」

詞子はたしなめる口調で言って、不機嫌そうな顔をした雅遠の袖を引く。

「……沓があるなら帰れって言わないか？」

「今日は言いませんから……」

雅遠と詞子のやり取りにくすりと笑って、淡路が葛葉の肩を叩いた。葛葉はいかにも嫌々といった様子で、どうぞと告げる。

簀子に上がった雅遠の乳兄弟は、葛葉に着替えの包みを渡して、ようやくひと息ついたようだった。

「——保名、姫君に挨拶は」

「は……はい、あ、大膳少進、安倍保名と申します……」

几帳の隙間から見えるその顔が、どこか怯えたように見えるのは、さっきの葛葉の叱責のせいか、それとも低く唸りながら周りを歩く瑠璃と玻璃の威嚇のせいか、あるいは――

「わたくしのほうからは名乗らずとも、存じておりましょうね」

「……っ」

助けを求めるように、泳いだ目が几帳から半分体を出している雅遠に向いた。雅遠は冷ややかに、乳兄弟を見据えている。

「わたくしが恐ろしければ、このままお帰りなさい。そうでなければ、休んでいって構いませんよ」

「俺は泊まっていくからな。帰りたければ勝手に帰れ」

「そ、そんな……」

保名という乳兄弟は、世にも情けない表情でうなだれた。

「こんなに暗くては、私一人では帰れませんよ。ここに来るのにも、あの爽信という御坊に道案内を頼みましたのに……」

「爽信の厄介になったのか」

「昼間なら来られますが、日が暮れてしまっては、一人で辿り着ける自信はありません。誰にも知られずここに来るには、それしか方法が……」

「知らせてないのか、誰にも」

「言えるわけないじゃありませんか」

保名の顔が、いまにも泣き出しそうに歪む。

「雅遠様がどう仰ろうと、世間は世間なんですよ。……私は、雅遠様にこれ以上、肩身の狭い思いをしていただきたくないだけなんです」

……心配しているのだ。

詞子が雅遠を案じているのと同じように、保名も心配している。無理もない。

「俺は別に、肩身が狭いとは――」

「雅遠様」

詞子は静かに、雅遠に告げた。

「わたくしの呪いを、お話ししましょうか」

「……え？」

雅遠が、驚いた表情で振り返る。

「話したくなかったんじゃないのか？」

「ええ、以前は」

きっと、恐ろしいと思われるに違いないと、前はそう考えていた。

いまは――聞いた雅遠が何と言うか、わかる気がする。

「……父の藤原国友には、昔、恋人がおりました。名は存じません。わたくしたちは、韓藍の女……と呼んでおりました」

　身分は低かったのだろう。貧しく、父の助けがなければ暮らしにも困るほどで。

　だが、娘まで生した韓藍の女を、国友は捨てた。

「恨めしく思ったのでしょう。韓藍の女は娘を連れて、二条の屋敷に来ました」

　わたしの娘を見捨て、不幸せにしたなら、許さない。

　おまえ自身も、おまえに関わるすべてのものも、何もかもを滅ぼしてやる。

　血を吐きながら、幼い詞子に呪いをかけ、韓藍の女は息絶えた。

「……その、韓藍の女が連れてきた娘ってのは、もしかして」

「艶子……いま、二条中納言の中の君と呼ばれている、わたくしの妹です」

　えっ、と声を上げたのは、保名だった。

「あ、あの、失礼ですが……私は、二条中納言家の大君は身分の低い女人の娘御で、中の君が、前の中務卿宮の姫君の娘御だと聞いたのですが……」

「逆じゃないか。……そういえば俺も、どこかでそんなことを聞いた気がするが」

　詞子は、寂しそうに微笑んだ。

「……わたくしは禊をしましたが、それでも身籠っていた母も、祖父母も亡くなりました。父は、呪いは消えていないのだと……このままでは本当に家が滅んでしまうと恐れて、わたくしと妹の出生を、逆にしたんです。艶子が幸せになるように……韓藍の女の霊を、怒らせないように、と……」

「……何だと？」

雅遠がぽかりと、口を開ける。

「馬鹿な――とばっちりじゃないか！ いや、最初から全部そうだ。そもそも二条中納言が女と娘を見捨てたから、そんなことになったんだろ⁉」

「ですが、呪いを受けたのはわたくしですから……」

「人が好いにもほどがある！ なんで何も悪くないそなたが、こんな目に遭わなくちゃならんのか、俺にはさっぱりわからん」

「さぁ……何故でしょう。前世でよほど悪い行いをしたのかもしれませんし」

「前世は前世だ。とにかく、そんな理屈の通らない話があってたまるか！」

憤慨（ふんがい）する雅遠に、詞子はふっと、小さく笑った。

いまなら――きっと、雅遠ならばそう言うのだろうとわかる。

「……でも、それ以来、大きな悪いこともありませんでした。ですから、わたくしはあの子を大切にしなくてはならないのです。あの子の幸せのために生きるのが、わたくしの宿命です」

「あのとんでもない姫君のためにか」

冗談じゃないと、雅遠が思いきり不機嫌な顔で唸る。

「そういうわけですので、再三申しましたとおり、わたくしに関わらないほうがいいというのは本当のことですし、あなた様の乳兄弟の心配も、無理からぬことです」

「知らん」

「ええ。そう仰ると思いました」

聞き入れてくれるのならば、とっくの昔に、ここへは通わなくなっているはず。

「……わたくしには、何もできません」

詞子は雅遠と、几帳の裏の保名に向かって言った。

「わたくしにできるのは、祈ることだけです。雅遠様が……わたくしに関わるすべての人が、平穏無事であるように……」

「……」

少しの間、沈黙が続いた。

雨音は、いまはほとんど聞こえない。

「……そなたが祈ってくれたから、俺は死なずにすんだんだろうな」

「え……？」

「借りた笛で命拾いした。あれがなければ、間違いなく俺に矢が刺さってたんだ」

「ど、どういうことです!?」

詞子が聞き返すより早く、保名がひっくり返った声を上げ、ばたばたと前のめりになった。

「どうって、おまえも柱の矢傷を見ただろ。簀子にいた盗賊が弓矢を持ってた。俺が一人を斬ったとき、そいつが俺に向かって矢を放ったんだ。それが柱に刺さった。ちょうど、俺の頭の高さのところに、だ」

「……っ」

　雅遠は淡々と語っているが、聞くのも恐ろしい話だ。詞子は思わず身を強張らせ、胸を押さえる。

「俺がそのまま突っ立ってたら、当然、柱じゃなく俺に刺さってただろうな。確かにあの矢は、俺の頭の上を飛んでったんだから」

「そんな……そんな危ないことに……」

「けど、俺には当たらなかった」

　雅遠は詞子を振り返り、にっと笑った。

「あのとき、俺はそなたが貸してくれた笛を拾うために、頭を屈めたんだ」

「……『雨月』を……？」

「あれだけは盗まれたらいけないと思ってな。だから助かった」

　助かった――

「ぐ……偶然ですよね？」

保名が言うと、雅遠は一転、しかめっつらになる。

「何だおまえ、たまたまうちに盗賊が入ったことは桜姫のせいにしておいて、桜姫のおかげで命拾いしたことは、偶然だって言うのか？」

「い、いいえ、その……」

「本当なら桜姫には礼を言わなくちゃならないってのに、それをおまえは──」

「あの、雅遠様、雅遠様……」

詞子は慌てて、完全に説教の構えになっている雅遠の袖を引いた。だんだん身を縮めていく保名が、むしろ哀れである。

「雅遠様の身を案じてのことなのですから、お叱りはそれくらいで……」

「そなたが一番怒っていいんだぞ」

「いいえ……」

詞子は唇をほころばせていた。

「あの笛のおかげで雅遠様が御無事でしたら……わたくしは、それだけで救われます」

それが、たとえただの偶然であっても。

「生まれて初めて……誰かのお役に立てたような気がします」

助かったと、言ってもらえた。

関わるものすべて、災いしかもたらさない身の上でしかないと思っていたのに――

「……桜姫」

雅遠が、動かせる右腕で詞子を抱き寄せた。

怪我にできるだけ障らぬように、雅遠の胸に額を預けると、雅遠は黙って髪を撫でてくれる。

本当は、理の通らないことだと思っていた。韓藍の女の恨みを買うべきは父であり、事情など知らない子供だった自分が負うものではないはずだと。だが、そう思ってしまったら、誰からも恐れられているこの状況には、とても耐えられない。せめて藤原国友の娘として、恨まれても仕方ないと考えるしかなかった。

だからこそ――誰かに否定してほしかった。おまえは悪くないのだと。

鬼ではない、呪いなど信じない、そなたは悪くないと、ずっと欲しかった言葉を与え続けてくれた雅遠に、やっとひとつ、何か返せたのかもしれない。

「……帰ります」

ややあって、保名がぽつりと言った。

「俺は泊まるぞ」

「はい。……一人で帰ります」

「一人で帰る自信がないって、さっき言ったじゃないか」

「ないです。でも……雅遠様を無理に連れ帰ってよいものかどうか、迷ってます」

　保名は困っている口調で、しかし微かに笑ったようだった。

「雅遠様は決して情の薄い方ではないということは、私はよく知っています。お話を伺えば、私でもお気の毒と思いますのに、ましてや雅遠様では……」

「言っておくがな、保名」

　雅遠が再び、説教の調子になる。

「同情だけで俺がここにいると思うなよ。俺は桜姫が好きだからここにいるんだ」

「雅遠様、そのお話は……」

　あまりはっきり、しかも人前で言われるのも恥ずかしくて、詞子は首をすくめた。

「いや、そこはちゃんと言っておくぞ。確かにそなたの身の上のことは気の毒だと思うが、身の上がどうでも、そなたが可愛いことに変わりは──」

「ま……雅遠様、雅遠様」

　几帳の向こうで保名がどんな顔をしているかと思うと、いたたまれなくて、詞子は懸命に話を遮る。

「あの、よろしければ、そちらの方も泊まっていかれましては……」

「うん?」

「そのくらいの場所はございますし……あまりきちんとした用意はできませんが」

葛葉の深いため息が聞こえた。

「……本当にうちの姫様はお人好しですよ」

「でも、このあたりは寂しいところですものねぇ。道に不案内では、難儀されるわ」

すぐ支度しましょうと言って、淡路が立っていく。葛葉も腰を上げ、保名を見下ろした。

「もう一度でもうちの姫様に無礼なことを言ったら、夜中でも雨でも叩き出しますからね。よく憶えておきなさい」

「は、はいっ」

目を上げると、雅遠が笑みを返してくる。すっかり葛葉に押されている保名に、雅遠はどこかほっとした様子だった。


「……傷、痛みませんか」

尋ねてきた桜姫は、少し離れたところに座っている。手を伸ばせば簡単に捕まえられるが、さして広くない塗籠の中で、この距離は少しよそよそしい。

「さっきほどじゃないな。桜姫こそ、手の具合はどうなんだ」

「わたくしは、もともと引っ掻き傷程度ですから……」

淡路と葛葉は西の塗籠に、保名は寒い時季でもないので、衣を借りて廂で寝ている。瑠璃と玻璃が見張りだと言ったら、保名は怯えた様子だったが、さんざん猫たちに牙を剝かれたのは、桜姫を泣かせた罰だと言っておいた。

ひとつだけ点した灯りに、桜姫のやさしい顔が浮かんでいる。

「どうぞ、楽にしてお休みください」

「……そなたは？」

「わたくしも後から休みますので……」

どうやらよそよそしいこの距離は、こちらの怪我を気遣ってのことらしい。それならいつもどおり、遠慮は無用だ。

雅遠は両手を伸ばして桜姫をからめとり、そのままごろりと横になった。

「傷が――」

「ああ、こうしてるのが一番楽だ」

桜姫の髪に頰を寄せると、微かに甘い香りがする。腕の中の小さな体は、あたたかくてやわらかい。

「……嘘をついていたら、怒りますよ？」

「ついてないついてない」

実のところ、何もしなくても傷はまだ痛むのだが、どうせ痛いなら、こうしているほうがいい。

「……雅遠様」

「うん？」

何か言いかけたようで、桜姫はそのまま黙りこんでしまう。

「……どうした？」

「これから……どう、なりますか」

保名に知られて——という意味だろう。不安に思うのも無理はないが。

「いままでどおりだ。そろそろ長雨も終わるだろ。そうしたら、また通いやすくなる」

「……」

「保名が言ってたろ、誰にも言えるわけないって。……考えてみれば、確かに言えないはずだ。父上にも世間にも。言わないなら、いままでどおりだ。ただ、保名が知ってるってだけで」

「それで、済みますか」

「桜姫」

話を聞いてみれば、たったそれだけのことかと思ってしまうような、呪いの正体。

男に見捨てられた女が、男の正妻の家に乗りこんで恨み言を吐いて死んだだけのことだ。女は哀れだが、幼い子供に押しつけるような恨みではないし、その後で不幸が続いたからといって、周りがことさらに騒ぎ立てなくてもよかったはずだ。

　これほどのことになったということは、よほどその女の様が恐ろしかったのだろう。生霊もかくやと見えたら、何としてでも女の怨念から逃れたかったに違いない。……おそらく、女を捨てた藤原国友自身が、最も。

……だからって、娘を鬼に仕立て上げるか。

　本来であれば、親王の血を引く姫君、いま政の一翼を担う右大臣の腹心である二条中納言の娘として、それこそ、無位無官の政敵の息子などとても手が出せないほど、大切にされていたはずだ。

　恋人を捨てた二条中納言は、女の恨みから逃げるために、娘を捨てた。主に倣って周りも桜姫を遠ざけ、とうとう世の中からも切り離された。自分は悪くないと叫ぶには、桜姫はあまりに幼く、呪いに怯える世間という多勢には敵わなかったのだ。

「……済むも何も、俺は本当は、誰に知られたって構わないんだぞ」

「え……」

「いまの俺には何の力もないからな。親に知れたら反対されるだろうし、周りもあれこれ言うだろうから黙ってるが、そういう面倒がなければ、誰に知られてもいい」

　桜姫は腕の中から、じっとこちらを見ている。

「……わたくしが呪い持ちのままでも、ですか」

「国中の呪いを背負ってたって、桜姫が好きだって言ってやる」

大きな瞳が潤んで――何故か桜姫は、憐れむような顔をしていた。

「あなた様は……本当に軽はずみで、愚かな方です」

「ずいぶんな言われようだな」

「わたくしのような厄介な荷物を、進んで抱えようとされるなんて……」

かすれたつぶやきとともに、涙がひと粒、こめかみへと流れた。

世間に隠さなくてもいい、反対もされない女と付き合うほうが、賢いとでも思っていたのか。

「それもずいぶんな言いようだぞ。俺の好きな桜姫のことを、厄介な荷物とは何だ」

「そんな……」

「言っておくけどな、そなたも相当、面倒な荷物を抱えてるんだぞ。何しろいつまで経っても無位無官で、出世の見こみもない」

「……っ、わたくしはあなた様を面倒と思ったことは一度もありませんし、位や出世などで人のやさしさは量れません」

むきになって言い返してくる、涙を含んだ黒い瞳がきらついた。

「面倒じゃないか？」

「ですから、そんなことは思いませんっ」

「じゃあ、俺とそなたは同じだ。俺はそなたを厄介とも思ってないし、そなたも俺を面倒とは思ってないってことなんだろ」

「……あ……」

　互いにそっくりのことを言っていたと気づいて、桜姫は目を瞬かせる。その拍子に、たまっていた涙がもうひと粒こぼれた。

　厄介を抱えたなど、微塵も思わない。……むしろこの世にたったひとつ、かけがえのない宝物を見つけたつもりでいたくらいなのに。

　顔にかかった鬢の毛を掻き上げ頬に触れると、桜姫は、ふっと目を細めた。

「なぁ。……気が合ったところで、お互いに約束しないか」

「はい……？」

「そなたは慰めてくれるが、俺はやっぱり頭が悪い。保名に言われるまで、いまのままではそなたを守れないんだってことを、わかってなかった」

　桜姫は目で、どういう意味かと問う。

「正直に言って、そなたの暮らし向きは楽じゃないだろう。いまさら隠すこともない。従三位の中納言が、よくも娘にこんな暮らしをさせておくもんだと呆れるしかない」

「……わたくしは、父にとっては娘ではないのでしょう」

「だったら、そんな父親なんかこっちから見限ってやれ。そのかわり、俺がいっさい引き受ける。もちろん、淡路も葛葉も、有輔たちも瑠璃と玻璃も、みんなだ」

桜姫は小さな唇をぽかりと開き、何だかわからないといったふうに、雅遠を見ていた。

「――と言いたいところなんだが、そこで保名に釘(くぎ)を刺されたんだ。官位もなく親の世話になってる身で、そんなことができるのか、父上が権力争いに負けたらどうするつもりだ、ってな」

「……」

「確かにそのとおりだった。いまの俺には何の力もない。ここに入り浸ってるだけの、情けない男だ」

「わたくしは――」

おそらく否定の言葉をかけてくれようとした唇を、指先で塞ぐ。

「本当のことだ。でも、それなら俺がやらなきゃならないことは、ひとつしかない」

頭は悪い。歌のひとつも詠めない。父親にも見放されている。

それでも――

「出世する。俺自身が、だ。俺が俺だけの力で暮らしていけるようになれば、誰に文句を言われることもなく、堂々とそなたと一緒にいられる」

「……一緒……に……？」

「そうだ。とにかくできるだけ早く、何とかするから」

言ってはみたものの、どうすれば出世できるのかなど、皆目見当がつかない。しかし、いま桜姫に言っておかなければ、事態は何も動かない気がした。

桜姫は途惑った表情を見せてしばらく押し黙っていたが、やがて、はっきり目を見開いた。

「……わたくし、雅遠様は、きっと御立派になると思います」

「桜姫——」

「お世話をしていただきたいから言っているのではありません。……わたくしは、雅遠様は御立派になる方だと信じています」

腕の中の桜姫の顔に、迷いは見えなかった。

本当に——そう思ってくれているのだ。

「……はは……」

雅遠は笑って、桜姫を抱きしめた。傷の痛みすら忘れていた。

「そなたに言われると、何だか偉くなれそうだ」

「なれます、きっと」

「ああ。なろう。そなたのために」

誰にはばかることなく、守れるように。

桜姫のためなら。

「約束する。桜姫のことは、必ず俺が守る。……だから、桜姫も約束してくれ。絶対に諦めないって」

「……え？」

すぐ間近で、桜姫の顔を覗きこむ。

「何も悪くないのに、この先ずっと、何もかも堪え続けるつもりか？　妹を大事にするのはいいが、そなたの幸せはどうなる？　一生このままでいるのか？」

「……」

「そなたの父が見捨てた女は、何て言った？　娘を不幸せにするなと言ったんだろ。でも、そなたに幸せになるなとは言ってないはずだ」

桜姫の表情は強張っていた。怯えているかのようにも見える。

「そなたの妹は、もう充分幸せなんじゃないのか。立場を取り換えてやって、こんな仕打ちまで受けて——これ以上何をしてやることがある？　父親にも、自分の不始末は自分で背負えと言ってやれ。俺が幸せにしてやるから、とばっちりの呪いなんか、こっちから全部捨ててしまえ」

一気にまくし立てると、桜姫はとうとう、泣き出しそうに顔を歪めた。

「そんな……そんな簡単に……わたくしが、いままで何のために……」

「すぐに捨てろとは言わん。そなたの気持ちが追いついたらでいいんだ」

「……」

「少しずつでいいから、もっと自分のことを考えてくれ。そなたが何もかも諦めてしまったら、俺は悔しいし、淡路や葛葉だって悲しいだろう」

桜姫の瞳が揺れる。――そうだ、悩めばいい。諦めるより、ずっとましだ。

「忘れないでくれ。そなただって、幸せになっていいんだ」

「……」

桜姫が雅遠の胸に顔を埋める。声も立てず、ただじっとしているが、肩は微かに震えていた。

燈台の火がちらついて、あたりは闇に包まれる。油が切れた。

雅遠は眠りに落ちるまで、桜姫の背をあやすように軽く、ゆっくりと叩き続けていた。


自分のことを考えて、全部、捨ててしまえと。

……無理だわ。

他者から受けた呪いは、自分の意思で捨てられるものではない。だからこそ、これまでずっと恐れられてきたのだ。

仮に捨てることができるとして——それでも、艶子を見捨てたら許さないと、韓藍の女に言われているのだ。雅遠の言うとおりにしてしまったら、今後こそ本当に、どんな災いが起きるかわからない。

……艶子を幸せにしなくてはいけないのよ。

そう考えて、詞子は、ふと目を開けた。

いつのまに灯りが消えたのか、塗籠の内は真っ暗だった。雅遠は詞子を腕に収めたまま眠ってしまったようで、規則正しい寝息が、頭の上で聞こえる。

幸せ——

雅遠は、幸せになっていいのだと言った。だが、いまこうしていられることが、自分にとっては、これまでなかったほどの幸せだ。

……雅遠様がいてくださるから、わたくしは、もうとっくに幸せじゃないの。

韓藍の女に艶子を不幸せにするなと言われたが、そう、確かに、詞子自身の幸せについても、禁じられたわけではない。

……あのとき……。

詞子は雅遠の胸に額を押し当て、忘れてしまいたかった光景を、あえて思い出していた。

口の端から血を流した、恐ろしい形相。必死の顔。

呪いの言葉を告げる前に、女はこう言った。――おまえは姫と呼ばれ、わたしの娘は捨てられるのか。そんなことは、許さない。

同じ父親を持つ娘なのに、片方は大切にされ、片方は見捨てられる。

あのとき韓藍の女は、恋人に――詞子の父に会いにきたのだ。だが、会う前に絶命した。

会えていたら、韓藍の女は、父に何を言うつもりだったのだろう。娘を見捨てたら許さないと、同じ呪いの言葉を告げただろうか。

……言ったかもしれない。

そうとでも言わなければ、艶子が捨てられてしまうかもしれないと考えたら。

詞子はすがるように、雅遠の単の襟元を強く握りしめた。

命のつきる間際まで、韓藍の女が願っていたこと。恨みの言葉の、本当の意味。

わたしの娘を見捨てないでほしい――

激しい言葉の裏にあったのが、娘を頼むという一念だけだとしたら、いまの艶子は、間違いなく韓藍の女が望んだとおり、大切にされているではないか。

……わたくしのことは？

正妻の娘が、憎かっただろうか。艶子のために、邪魔な存在だと思っただろうか。

真意はわからない。艶子を不幸せにしたら、詞子自身も関わるものもすべて滅ぼしてやるとは言われたが、逆に艶子が幸せであれば、それなら何もかも安泰だと、考えられなくはない。

……わたくしは、どうすればいいの。

違う。

自分は、何ができるのだろう。

全部を諦めなければいけないのだと思っていた。それが一番確実に災いを避けられる方法で、何かを望むことをやめてしまえば、気も楽だった。

だが、雅遠にとっては悔しいことだという。

側にいてくれれば幸せなのに、まだ幸せになっていいというのなら、これ以上何を望めるのだろう。韓藍の女の怒りに触れない範囲で、自分はもう少し、何かを欲してもいいのだろうか。

少しずつでいいから——

すぐでなくていい。気持ちが追いついたら。

「……」

諦めず、願うことができるならば——いつかこの呪いが、消える日がきてほしい。

誰にも、何にも災いを及ぼさずに。

必ず守ると言ってくれたひとのために。

触れているところから、雅遠の鼓動を感じる。穏やかな音を聴きながら、詞子は再び目を閉じた。

＊＊　＊＊　＊＊

その翌朝の目覚めは、またしても穏やかなものではなかった。

懸命に妻戸を叩く淡路の声で起こされ、告げられたのは、この別邸の北の対に、見知らぬ者が居座っていた——ということだった。

「……どういうことなの」

とりあえず身支度だけしながら、詞子が尋ねる。

この別邸は寝殿(しんでん)と東の対、北の対から成るが、普段使っているのは寝殿だけで、それでも東の対は渡殿(わたどの)を修理していつでも使用できるようにしてあるが、北の対まではとても手がまわらず、格子が外れたり床板(いた)が傷んだりして、だいぶ荒れているのだ。

「今朝、保名さんを有輔さんたちに紹介しようと思って、下屋(しもや)にお連れしたんです。そのときついてきた瑠璃と玻璃が、急に騒ぎまして……」

見にいってみたら、見知らぬ老爺(ろうや)と娘が北の対の廂に寝ていたのだという。

「勝手に入ってきて寝床にするとは、いい度胸だな。築地を乗り越えてきたのか？」

雅遠はあくびをしながら、昨夜保名が持ってきた替えの狩衣に袖を通す。

「いいえ、それが閉じておいた北門の扉が、朽ちて開いてしまっていたようでして、そこから入ったのだとか……」

「そいつら、いまどうしてる」

「下屋で保名さんが見張ってくださってます。葛葉もそちらに。わたしももう一度行ってきますが……」

「こっちに呼……ばないほうがいいな。俺も見てくる」

「あの、わたくしも……」

皆がそちらに行ってしまったら、かえって独りでいるほうが怖い。雅遠はうなずいて、詞子の手を引いた。

外はすっかり雨も上がり、よく晴れている。清々しい朝だというのに、どうしてこう厄介事ばかり続くのか。やはり呪いの災厄ではないかと、考えてしまう。

下屋に顔を出すと、葛葉と保名、有輔、小鷺、筆丸が揃って振り向いた。その中で保名だけが、ぎょっとして背筋を伸ばす。

「おはよう。朝からどうしたって？」

「……ま、雅遠様、あの、そちらの姫君が……」

「何？」

「あ……」

しまった。どうせ身内ばかり、しかも雅遠が面倒だから顔なんか隠さなくていいと日ごろから言っているせいで、扇も持たずに来てしまったが、保名がいたのだ。

「あー、そういえばおまえは桜姫の顔を見るのは初めてか。可愛いだろ？」

「そんなこと仰ってる場合じゃありませんよ」

葛葉が軽くため息をつき、目線で土間(どま)を示した。

白髪交じりの鬚(ひげ)を伸ばし放題に生やした気弱そうな老爺と、反対にいかにも気の強そうな面差(おもざ)しの、十(とお)かそこらの娘が、膝をついて控えている。

「おまえたちか、勝手に入ったのは」

「も……申し訳ございません」

老爺が肩を震わせて平伏し、娘もきつく口を引き結んだ険しい表情のままながら、頭を下げた。

「手前どもは決して、こちら様に、御迷惑をかけるつもりは……。ただ、ただひと晩だけ、雨露をしのぎたくて……それだけなんです」

「ごめんなさい。すぐ出ていきます」

娘のほうは、声まで気が強そうである。

だか、詞子は娘の髪が気になった。このくらいの年であれば、それなりに伸ばしていていいはずの髪が、肩のあたりで切られている。それもかなり雑な切り方だ。

身なりは二人とも粗末で、老爺は水干、娘のほうは上に着ているのは汗衫だが、下は何故か水干袴を穿いている。

「雨露をしのぐだけなら、何も白河まで来なくてもいいだろう。ここらに住んでるのは坊主ぐらいのもんだぞ。本当のことを言え。何が目当てでここに入った」

雅遠が語気を強めた低い声で言うと、老爺は、とんでもないとんでもないと繰り返して、ますます身を伏せ、娘は老爺をかばうように、半歩前ににじり出た。

「あたしたち、都から出るつもりだったんです。でも暗くなって雨が降ってきたから、どこか泊まれるところを探したんです。でも、まさか人が住んでると思わなくて」

「空き家だと思ったのか？」

「はい」

北の対だけ見れば、それも無理はないが。

娘のはっきりした受け答えが、詞子には、どうしてか気負っているように思えた。

詞子が身を屈めて娘の目を見ると、娘は臆することなく見つめ返してくる。

「……おまえは、幾つ？」

「十です」

「都から出て、どこへ行くの」

「……わかりません」

娘の返事に、初めて間があった。

「まだ決めてません。でも、とにかく早く都から出たいんです。お願いします。もう行かせてください」

「まるで追われてるみたいな言い方だな」

雅遠が腕を組み、じろりと娘をにらむと、娘はまずいことを言ってしまったといったふうに、顔を背ける。

「後ろ暗いことでもなければ、早く都から出たいなんて言わないな。このまま検非違使に突き出したほうがよさそうだ」

「そ、それならわしだけ……この子は、この子は逃がしてやってください。お頼みします」

「牛麻呂（うしまろ）！」

娘が老爺の腕を摑む。その娘の手首も、細かった。

「いよいよ何かやらかしたらしいな。何をした。正直に言え」

雅遠が凄（すご）むと、老爺は深い皺の刻まれた顔を歪め、娘は黙ってうつむく。

詞子はさらに身を屈めて、娘の顔を覗きこんだ。

「……おまえ、その髪はどうしたの？」

尋ねると、娘が一瞬、子供らしい、泣きそうな表情を見せた。

「何も……切っただけです」

「……そう」

自分で切ったなら、そんな顔はしないはずだが。

「やつが、やつが切ったんですよ。あの恩知らずが……」

「恩知らずか」

「そうですよ。頭(かしら)にあんだけ、あんだけ世話になっときながら……頭が死ぬなり好き勝手やりやがって、この子がちっと文句言っただけで、髪まで……」

「牛麻呂、やめなよ牛麻呂」

急にしゃべり出した老爺を、娘が首を振って止めようとする。

雅遠は顎をひねって、ああ、と言った。

「わかった。盗賊か」

「えっ……」

保名が声を上げ、小鷺が筆丸を抱きしめる。

「頭領が死んだら仲間割れか？　それで、おまえたちは抜けようとしてるんだな」

「……」

沈黙は、おそらく肯定だろう。

娘が、きっと顔を上げた。

「次の頭がひどいやつなんです。父さんは、盗みはしても刀抜いたりしなかった。やめてって言ってるのに、あいつは聞いてくれない。でも、抜けようとすると殺されるんです。いつどこを狙うかとか、ねぐらの場所とかをしゃべられたら困るって」

さすがに、皆が息をのんだ。

「こっ、殺っ……？」

「まさか……」

「本当です。もう二人殺されました。検非違使に捕まったって殺してやるって言われて、だからあたしたち、遠くへ逃げたいんです。今日までにこっちのほうに新しいねぐらを探してこいって言われてるから、今日のうちに逃げるしかないんです。明日になってあたしたちが戻ってこないってわかったら、捜されて殺される……」

あえぐように息をしながら、娘が早口でまくし立てる。嘘をついているような様子ではない。こんな子供をよもや、とは思うが——

雅遠は何か考えこんでいたが、ちらりと詞子のほうを見た。

「……都に盗賊は山ほどいるが、最近刀を抜くほど荒っぽいのは、限られてる」

「それは……もしかして」

「ああ」

雅遠は組んでいた腕を解き、さっきより口調を和らげて、老爺と娘に問いかける。

「最近どこの家に盗みに入ったか、わかるか」

老爺は首をすくめ、目を瞬かせていたが、雅遠の気配が幾分穏やかになったのがわかると、ようやくうなずき、ゆっくりと思い出すように言った。

「……あの、予定を変えてなければ、昨日の晩は……ああ、三条の、権大納言様のお屋敷だったはずですが……。その前の晩は、四条の左大臣様のお屋敷……」

詞子と雅遠は、顔を見合わせた。淡路と葛葉も顔色を変え、保名が何かうめいて口を押さえる。

雅遠はごく落ち着いて、老爺を促した。

「続けてくれ」

「へ、へぇ、えーと、左大臣様の前の晩は二条の中納言様のお屋敷、その前がたしか六条……参議のどなたかのお屋敷で……」

「平宰相か？」

「ああ、そう……そうだったと思います。それから……あれは、以前大宰府のお役人をされていた方のお屋敷……あと受領の……いつだったか忘れちまいましたが、前の播磨守様とか甲斐守様とか……ああ、大宰府のお役人のお屋敷には、昼間入ったんですよ。いくら雨が降って暗いからって、無茶しやがって……」

間違いない、と雅遠がつぶやいた。二条中納言家で艶子の琴を壊したのも、左大臣家で雅遠に傷を負わせたのも、同じ盗賊なのだ。

「おまえも一緒に押し入ったのか」

「と、とんでもない。わしもこの子も、頭が替わってからは、足手まといだって、ただの一度も……。け、けど、そのほうがよかったんです。あんな暴れ者のやり方じゃあ、わしなんかが行ったら、あっというまに捕まってます……」

「あたしと牛麻呂は、ねぐら探しと留守番と、あいつらが盗ってきた物を売りにいく役目なんです」

「……なるほどな」

雅遠はうなずいて、再び腕を組む。

「それにしても、毎晩押し入るとはたいしたもんだな。しかも金のある家を外してない。押し入る家は、いったい誰が決めてるんだ？」

「新しい頭が……。いったいどうやって決めてるもんだか、うちは頭数が少ないから、盗ってくる数も少ない、だから、まめに行かなきゃならないんだとか言って……」

「仲間は何人だ」

「へぇ……盗みに入るのは、四人です。あとは、わしら二人だけで……」

「四人のうち一人は一昨日の夜、足を怪我して帰ってこなかったか」

老爺は小さな目を、娘は大きな目を、それぞれいっぱいに見開いた。

「よく御存じで……」

「斬られたんだって言ってました。これじゃ仕事になりゃしないって、新しい頭にさんざん怒られて、昨日は留守番だって言ってましたけど、歩けるくらいだから、またすぐに四人で行くんだと思います」

娘は土間に手をついて、雅遠を見上げた。

「全部話しました。お願いします、逃がしてください。あたしたち、もう盗みはしません」

「……」

雅遠が片方の眉を上げ、首の後ろを掻きながら、ふうっと長い息を吐く。

あてもなく、どこまで逃げるつもりなのか。汗衫の色あせた浅葱色が、哀しげに見えた。

「おまえ……牛麻呂というの？」

「へ、へぇ。昔、牛飼童やってたもんで、前の頭がそう呼んで……」

「おまえは？」

詞子が娘に目を向けると、娘はちょっと頬を赤くして、はねず、と言った。

「はねず……花の朱華ね。いい名だわ」

「盗賊にしては、凝った名前だな」

雅遠の正直な感想に、牛麻呂が悲しげに目を細める。

「昔……前の頭が、どっかの街道筋の寺に泊まってた、受領か何かを狙ったことがあったんですよ。そうしたら、仲間の一人が馬鹿やって、物だけ盗めばいいものを、三つかそこらの娘をさらっちまいまして……。どこの誰の娘ともわからない、しょうがないってんで、頭がおれの娘にするって言って……朱華ってのは、この子が憶えてた、本当の親から呼ばれてた名前で……」

それなら、本当なら盗賊の一味にいるはずのない娘だったのだ。

「父さんは可愛がってくれました。牛麻呂も。だから、父さんが生きてれば、逃げなくてもよかったのに……」

「……ま、行くあてがないなら、逃げることはないな」

雅遠が低くつぶやき、それから厳しい表情で牛麻呂を見下ろした。

「もうひとつ訊く。——今夜、そいつらが押し入る屋敷はどこだ」

「こ、今夜は、確か……」

「前の右大臣の屋敷だって言ってました。六条の……」

朱華が牛麻呂の代わりにはっきりと告げる。雅遠はうなずいて保名を振り返った。

「——昨日、権大納言邸に盗賊が入ったか調べてきてくれ。押し入った人数も」

「か……かしこまりました。あ、検非違使には……」

「いや、それはいい。そっちは俺が何とかする。玄武を使っていいぞ」

「私には乗りこなせません……。一度戻って、朱雀をお借りします」

保名が慌しく寝殿に戻っていき、支度を手伝うと言って葛葉もついていく。

牛麻呂は、不安そうに雅遠を見上げた。

「あの……わしらは……」

「ここにいろ。おまえの話が本当なら、盗賊どもが前の右大臣邸に押し入るのを、みすみす見逃すことはない。あいつが戻ったら、ねぐらまで案内してもらうぞ。そのかわり、おまえたちの身の安全は請け負ってやる」

「こ、この子を助けてくださいますので……」

「おまえたちが嘘をついていなければな」

「嘘はついてないけど、ねぐらには案内できません」

朱華が、怯えたような顔になる。

「ねぐらは幾つもあるから、今日あいつらがどこにいるのかわからないし、それに、こんなことしゃべったってあいつらに知られたら、本当に殺されるんです。このまえあいつらに歯向かって、検非違使にねぐらの場所を知らせた仲間が殺されました。あいつらがあんまりひどいから、自分から検非違使にわざと捕まって、それであいつらを捕まえてもらおうとしてたのに――」

「ちょっと待て。すでに検非違使に捕まってるやつを、盗賊仲間が殺したのか？」

「そうです」

「どうやって……」

「わかりません。でも、確かにあいつは、あたしに首を見せました。おまえも逃げたらこうなるぞって……」

淡路が袖で口を押さえ、一歩後ろに下がった。雅遠は詞子を横目で見て、眉をひそめる。

「……顔色が悪い。向こうに行ってるか」

「いえ……大丈夫です……」

確かに気分の悪くなる話だ。だが、それを目の前に見せられたこの子の気持ちは、こんなものではなかったはずである。

「……おかしな話だな。いったい検非違使は、何をしてたのか……」

牛麻呂が、おずおずと顔を上げた。

「あの、ねぐらにならば、わしが御案内しますんで……」

「駄目だよ！　いやだよ、牛麻呂までいなくなっちゃうの……」

「待て待て。無理に案内しろとは言わん。他にいくらでも方法はあるからな」

雅遠は苦笑して、詞子を振り返る。

「……厄介事が舞いこんできたな」

「厄介事には慣れています」

何しろいままで、あらゆる凶事は自分のせいだったのだ。盗賊の一味が隠れていたくらいで、驚いてなどいられない。

詞子は牛麻呂と朱華を、交互に見た。盗賊と見るにはあまりにおとなしそうな老爺と、可愛らしい娘だ。

「……わたくしが、この家の主です。こちらの方は――」

「この家の主の婿だ」

「結婚しておりませんが」

「婿になる予定だ」

「……そのお話は、また後で」

小鷺と筆丸がくすくす笑っている。ついにらむと、二人は揃って舌を出した。

「とにかく……わたくしが主ですから、おまえたちは、ここでわたくしが預かります」

「で、でも」

「心配するな。検非違使に渡したりはしない。ただ、事が片付くまではここにいてもらう。まだ訊くこともあるからな」

　牛麻呂と朱華は、それでも不安そうに顔を見合わせている。

「大丈夫よ。こちらの殿方は、悪いようにはしません」

「おお、俺は悪いやつじゃないぞ」

「……そういうことは御自分で仰らないほうが、ありがたみがありますよ」

　いつのまにか戻ってきていた葛葉が、呆れた口調でつぶやく。

「では……まず、朝餉になさいますか」

「そうだな。腹が減った」

「おまえたちもお食べなさい。小鷺、支度をお願いね」

「はいはい、すぐに……」

　朱華が弾かれたように、顔を上げた。

「そんなこと……」

「お腹は空いてないの？　もう何か食べた？」

「……いいえ」

「それなら食べるといいわ。それから、後で髪を切り揃えてあげましょうね。そのまま伸ばしたら、見栄えが良くないでしょう」

「……」

朱華の表情が大きく歪み、両の目から、ぼろぼろと涙がこぼれた。牛麻呂も頭(こうべ)を垂れて、泥だらけの手で鬚面を擦っている。

雅遠が背筋を伸ばし、詞子を見て、にっと笑った。

「さて。――今日は珍しく忙しくなるぞ」

「あの牛麻呂という男の言ったとおりでした。昨夜、権大納言邸に盗賊が入っています。人数は三人。そのうち一人は、弓を持っていたそうです」

「……間違いないな。あいつらだ」

雅遠は文机に向かい、筆を持ちながらうなずいた。食事を済ませ、背中の傷に薬を塗り直した後、誰かへの文(ふみ)をしたためている。

「御苦労でしたね。朝餉がまだなら、いまのうちに食べておくといいわ」

「あ……は、はいっ、いただきます」

行きは徒歩、帰りは馬で戻ってきた保名は、青い顔をしていた。聞けば、馬に乗るのはあまり得意ではないのだという。

葛葉が保名の膳を運んでくる。淡路はさっきから、朱華の髪を整えていた。その様子を、瑠璃と玻璃が興味深そうに眺めながら歩きまわっているが、威嚇する気配はない。二匹が警戒していないということは、少なくともこの娘が危険なことはないのだろう。

「姫様、朱華に入髪をしてやったらどうかと思うんですけれど、いかがでしょう？」

「それがいいわね。そのままでは、あんまり短すぎるわ。わたくしの髪の毛がとってあれば、使って構わないから」

淡路が朱華の顔を覗きこんで、にっこりと笑いかける。

「姫様の髪をお梳きしたときに抜けた髪の毛を、朱華の髪に結いつけてあげる。そうすれば、長い髪に見えるわ」

朱華はうつむきながら、詞子を上目遣いに見て、遠慮がちに言った。

「……姫様の髪じゃ、きれいすぎてもったいないです」

「そうねぇ、おきれいだから、つい捨てられなくて。そのうちわたしが使わせていただこうと思ってたんだけれど、朱華に分けてあげるわ。——使わないほうがもったいないですよねぇ、姫様？」

「ええ、そうね」

するど雅遠が手を止め、顔を上げた。

「……桜姫の髪なら、俺も欲しいな」

「何に使われるおつもりですか」

「いや、別に使い道は……。そなたの髪はいい香りがするから、欲しいと思って」

「……おかしなものを欲しがらないでください」

おかしくないと思うが、と首を傾げて、雅遠はまた書きものに戻る。

粥（かゆ）を掻きこんでいた保名が、微妙な表情で葛葉を振り返った。

「あのー……うちの主は、ここではいつも、あんな感じなんですか？」

「概（おおむ）ねあんな感じか、もう少し腑（ふ）抜（ぬ）けているくらいですね」

「……そうですか……」

「お気の毒ですが」

「保名ー、葛葉ー、せめて俺に聞こえないように言えー」

散々な言われようを気にする様子もなく、雅遠はときどき何か考えこみながら筆を走らせていた。詞子が手元を覗いても隠す素振りはないので、そのまま眺めている。

「……そういえば、わたくし、雅遠様のお手跡は初めて見ます」

「あー、俺は歌も文も、そなたにはやったことがないからな」

決して下手な手跡ではない。だが優美というよりは、書き方はおおらかで豪快、それなのに書き連ねてみると、案外繊細な筆運びにも見える。手跡には人柄が表われるものらしい。

自分はもらったことはないが、知らぬ誰かは、受け取ったことがあるのだろうか。

……この手跡の、恋歌を。

「どなたかには……差し上げましたか」

「自分で詠めないから、代わりに作ってもらった歌ばっかりだったがな。ま、いま思えば、あんなもんには何の意味もない」

「……」

それでも、もらったことのある女人がうらやましい。きっと何をはばかることもなく、雅遠と恋ができる立場にあったはずだ。それだけでも、とてもうらやましいというのに。

……駄目ね。どんどん贅沢になってしまって。

ここに来てくれるだけで充分なのだ。雅遠が意味がないと言うのなら、その歌にも意味はないと思えばいい。そう――思いたい。

「よし。……これでいいか」

雅遠が筆を置いて、大きく息を吐いた。

「保名、それ食い終わってひと休みしたら、兵部卿宮にこれを届けてくれ」

「宮様にですか」

「朱華の言うとおり、検非違使に捕まったはずの盗賊が、何故か仲間に殺されたとするなら、検非違使のほうに何らかの不手際があったはずだ。現にねぐらの場所を告げ口されたはずの盗賊のほうは、捕まってない。だとしたら、検非違使はあてにしないほうがいいだろう」

保名が緊張した面持ちで、ごくりと粥を飲みこむ。

「……それで、宮様に御助力を？」

「俺自身は官位もないし人脈も限られてる。根まわしが利かん。宮なら動かせる人数も多いし、一番信頼できるからな。——ただし、牛麻呂と朱華のことは宮にも伏せる。俺が偶然小耳に挟んだ話だってことにしておくから、それならねぐらの場所を言う必要もない」

雅遠の言葉の後ろ半分は、朱華に向けてのものだった。朱華は黙って、頭を下げる。

「前の右大臣邸には宮のほうから話を通していただく。盗賊どもに気づかれないよう、密かにな」

「その……前の右大臣邸ですが、いまはどなたがお住まいなんでしょう」

保名の問いに、葛葉が訝しげな顔をした。

「前の右府様がお住まいなんじゃないんですか？」

「前の右大臣は、五年前に亡くなられてるんです。御子息が一人おいででしたが、御子息はいま、伊豆守として東国に下っておいでのはずですから……」

「前の右大臣の北の方が住んでるはずだ。女御の実家を、まさか手放しはしないだろ」

話がよくわからず、つい詞子が首を傾げると、雅遠は苦笑した。

「前の右大臣ってのは、不運な大臣なんだ」

「不運……ですか」

「順調に出世して、右大臣にまで上りつめた。ちょうどそのころ……いまから六年前だが、前の帝が病で、当時御年十四歳の東宮に御位を譲られたんだが、そのときも真っ先に自分の十九歳の娘を入内させて、ますます順風満帆に見えた。が、その直後、右大臣は急な病で死んでしまったんだ」

「まぁ……」

雅遠は兵部卿宮宛てだという文をたたみながら、淡々と続けた。

「そうなると、ひとたまりもない。次の右大臣となった藤原則勝は早速、前の右大臣の息子を追い落として、自分の娘を入内させた。同じころ左大臣になった俺の父上も、同じことをした。……前の右大臣の娘、登花殿の女御は、父親と兄の後ろ盾をいっぺんに失って、いまじゃ後宮の中でも一番地味な女御になったらしい」

「……盗賊は、そのような女御様のお里に入ろうというのですか」

「零落しても一度は大臣にまでなった家だ。それなりに盗むものはあるだろうな」

確かに、盗賊には貴族の事情など関係ない。関係あるのは、そこに金になるものがあるかどうか、それだけ。

雅遠は、どこか遠くを見るような目で、つぶやいた。

「……そうだな。俺もいつ、前の右大臣の息子と同じになるかわからないんだな」

盤石と見えた地位から引きずり下ろされ、追われるように遠い地へ流され——

もしも、と口から出かけた言葉を、詞子は飲みこんだ。

……もしも、雅遠様が遠くへ行かれるようなことがあったなら。

縁起でもない。

だが、もしもそんなことが本当にあったら、一緒に連れていってくれるだろうか。

連れていってほしい。雅遠様と一緒なら、きっとどこへでも行ける。

それでも悪い可能性は言わない。そんな決意は自分の中に秘めておくだけでいい。

「雅遠様は……大丈夫です」

「俺は大丈夫か」

「はい」

「どうしてそう思う？」

「雅遠様は、不思議なところで運の強い方ですから」

詞子はまっすぐに、雅遠を見た。

「少なくとも、これまで鬼の住処に通い続けながら、起きた災難がその怪我のほどというこ とでしたら、雅遠様は相当に運の強い方だということです」

それは、奇妙なほどすっきりとした気持ちで言えたことだった。

自分は呪い持ちの鬼で、それは仕方がないのだとしか思えなかった。だが、呪い持ちの鬼という恐ろしい宿命と関わりながら、雅遠はなお交わりを断とうとせず、怪我を負っても怯えもしない。

それが雅遠の運の強さなら——雅遠がそれだけの強さを持っているなら、自分は、鬼でも構わないのではないか。

呪いが、いつか消えればいい。だが呪いを持ったままでも雅遠の強運が勝ってくれるのならば、いつになるかわからないそんな日を、暗澹として待ち望むこともない。

そうやって開き直ってしまえば、いままで押し潰されそうだった宿命の重さも、さほど重くは感じられないような気もする。まるで、捨ててしまえたかのように。

「ですから、雅遠様は大丈夫です。きっと……」

雅遠は文机に片肘を乗せて頬杖をつきながら、何か探るような目で、詞子を見つめ返していた。

「……大丈夫、か」

「はい」

「よし。——じゃあ、そなたの言葉を信じるか」

そう言って詞子に笑みを見せ、雅遠は立ち上がった。

「保名、行くぞ」

「雅遠様も行かれるんですか？」

「おまえは先に、宮に文を届けてくれ。必ず直接渡せよ。俺も一度屋敷に戻ってから、あらためて宮に頼みにいく」

狩衣の襟を留め、雅遠は詞子を振り返る。

「盗賊捕縛の始末は兵部卿宮にお任せするが、俺も一応、どうなったのか確認してくる。このぶんなら今夜は雨も降らないだろうし、片付いたら遅くなってもここに帰るから、そのつもりでいてくれ」

「はい。あの、傷の具合は……」

雅遠が盗賊を捕まえにいくわけではないとしても、馬に乗れるのだろうか。

「昨日よりだいぶ楽だから、心配ない」

「……はい」

「行ってくる」

雅遠は怪我をしているとは思えないほど軽快に、いつもと変わらない様子で外に出ていった。保名も文を懐にしまい、詞子に向かってきちんと頭を下げてから、その後を追っていく。

「ここに帰る——だそうですよ？　姫様」

淡路が楽しそうに笑った。

ここに来る、ではなく、雅遠は、帰ると言ったのだ。

「……ええ、そうね」

詞子は微笑んで、淡路と葛葉、朱華を見まわした。

「夜まで暇になってしまったわね。朱華に袴を縫ってあげましょうか」

「あたしが使っていたのでよければ、ありますよ。縫い縮めれば、まだ穿けます」

「えっ、あの、そんな……」

「汗衫もう一枚あったほうがいいですよねぇ」

真っ赤になって途惑う朱華に、詞子たちは顔を見合わせて笑っていた。

昼間より幾分冷えた風が吹いている。十日あまりの月が、流れる雲に隠れては現れ、また隠れてを繰り返していた。

「……姫君がお知りになったら、御心配されますよ」

保名が馬上で、横の雅遠に小声で話しかけた。雅遠の手には、弓が握られている。

「何だ、あれほど白河通いに文句を言っておいて、ここで桜姫を引き合いに出すのか？」

「私がおやめくださいと申し上げたところで、雅遠様が聞いてくださるとは思えないからですよ……」

夜の闇の中、雅遠と保名は、六条にある前の右大臣邸の、西側の道の端に騎馬で待機していた。

雅遠の乗っている黒毛の玄武は大きな馬で、保名の乗っている栗毛(くりげ)の朱雀は、それよりは小柄なので、保名は雅遠を少し見上げる格好になっている。どちらも雅遠の馬だが、保名はおとなしい性質の朱雀を借りていた。

「言えば心配されるのはわかってるから、言わなかったんだ」

「……最初から、こうなさるおつもりだったんですね」

「宮にだけ何もかも押し付けるわけにいかないだろ」

敦時は盗賊捕縛を承諾してくれた。すでに前の右大臣邸には、昼間のうちから敦時が手配した武人が密かに入っている。

「……本当に、賊はこちら側に逃げてくるんですか」

「この道を渡ってそっちの路地に逃げこめば、追跡する方は難しい。屋敷の内で取りこぼしがあったとしたら、やつらが逃げてくるのはこっちと見ていいだろう」

「できれば中で捕まえていただきたいですよ……」

保名も弓矢を持っているが、腕前はあてにならない。

あたりは静かだった。ときおり、どこか遠くから犬の吠え声が聞こえてくるだけ。

「……意外でした」

しばらくして、保名がぽつりとつぶやいた。

「何が？」

「おやさしそうな姫君でしたので……」

桜姫のことかと、雅遠は苦笑する。

「何だ、おまえも鬼のような姫君だと思ってたのか」

「呪いを持っていると聞いてましたから、もっと、その……暗いというか、そんな感じかと……私の前にまで姿を見せられたのには、驚きましたけど」

「ま、今朝は非常時だったしな。それに、俺が普段から顔を隠すなって言ってるせいもある。別に慎みのない姫君じゃない」

「隠すなって……どうしてそんなこと仰ってるんです？」

「変に隔てられてるようで窮屈だし、せっかく可愛いのに隠されたらつまらんだろ」

「……」

夜目がきかない中でも、保名の呆れている気配はわかる。

「俺が好いた姫だぞ？　世間並みにされたら、俺が困る」

「それは、まぁ……雅遠様のお相手をしてくださる姫君でしたら、そのくらい広い心をお持ちでないと、駄目かもしれませんね……」

「おまえ、昼間からよく聞くと失礼なことばっかり言ってるな」

これも乳兄弟の気安さではある。

雅遠は、少しほっとしていた。やはり最も近しい保名には、桜姫のことを、世間と同じ、心ない目では見てほしくなかったのだ。

「……ですが、いくら世間並みは困ると仰られても、せっかくお好きになった姫君でしたら、恋歌のひとつでも送ってさしあげたらいかがですか」

「あ？」

それこそ意外なことを言われて、雅遠は保名を振り向いた。月明かりが頼りなくて、表情までは、よく見えない。

「……歌は詠めんと言ってあるし、桜姫も、別にいらないと言ってくれたぞ」

「苦手だと先に言われてしまったら、欲しいとは言えませんよ。……さっき、お寂しそうだったじゃないですか」

「さっき？」

「姫君が、どなたかには歌や文を差し上げたかと、雅遠様にお尋ねになったときですよ」

そういえば、そんなことを訊かれた。あのとき桜姫は——しまった、自分は文を書いていて、桜姫の顔を見ていなかった。

「寂しそうだったのか？」

「そう見えましたよ。それはそうでしょう。他の女人には差し上げていた恋歌を、肝心の姫君には差し上げないなんて……。雅遠様には意味のないことだったとしても、姫君には面白くないでしょう」

「……」

考えたこともなかった。

そういえば、桜姫は誰かから恋歌をもらったことがあるのだろうか。……いや、ないはずだ。あんなふうに家でも疎まれ、世間から隠されていたのだから、もらうはずがない。というより、もらっていたら嫌だ。他の男が桜姫に恋歌を送るところなど、想像しただけで腹が立つ。

そこまで考えて、雅遠は天を仰いだ。

自分にとって何の意味もなくとも、いままで他の女人に恋歌を送ったことがあるというのは、事実だ。たとえそれが代作の歌であっても。

桜姫も――想像したら、腹立たしくなったのだろうか。いや、気のやさしい桜姫のことだから、怒る前に悲しむかもしれない。そう思えば、保名の見た寂しそうな顔というのも、納得がいく。

「歌は……苦手なんだが……」

「気持ちの問題ですよ」

「……考えてみる」

そう考えただけでも気が重くなってくるが、うっかり桜姫を悲しませてしまったのだとしたら、これは真剣に考えておかなくてはなるまい。

「代作でも何でも、今度は雅遠様にとって意味のあることでしたら、形だけでも姫君は喜ばれると思いますよ」

「……そうか」

「私も久しぶりに恋歌でも詠もうかと思ってますから、雅遠様も久しぶりに苦労してみてください」

わかった──と返事をしかけて、雅遠は一瞬口の動きを止め、首をひねる。

「おまえが恋歌？　送る相手がいるのか？」

「葛葉さんに」

「……」

雅遠は手綱と弓を握りしめたまま、しばらく固まっていた。

「く……葛葉？」

「はい」

「淡路じゃなくてか？」

「淡路さんは丸顔の方ですよね？　違います。葛葉さんのほうです」

「……おまえ、ああいうのが好みだったのか？」

「美人ですよね。目元が涼しくて、すっきりした顔立ちで……」

確かに美人の類いに入ると言えなくはないが、それより狐そっくりだとしか思っていなかった。ものは言い様だ。

「顔はともかく……怖いぞ、葛葉は」

「そうですか？　言うことに裏表のない、主思いの、とてもしっかりした女人だと思いますよ。昨夜もわざわざ夜中に起きて、私の様子を見にきてくれましたし、今朝もいろいろ面倒を見てくれました」

「……」

本当にものは言い様だ。文句を言いながらも存外面倒見がいいというところは認めるが、夜中に様子を見にきたのも、側で世話をしていたのも、おそらく保名を警戒して、見張っていただけだろう。

「ま、まぁ……あれがおまえの好みなら、恋歌でも何でも、送ってみたらどうだ」

「はい、そうします」

葛葉が受け取ったら、夏に雪が降るかもしれない——とは、恋に浮かれた様子の保名には、言わないでおく。

もっとも、保名が葛葉に惚れたというのなら、それはそれで都合がいい。これで保名も、こちらの白河通いに反対できなくなるはずである。ここはひとつ、夏に雪が降ろうとも、葛葉にはぜひ保名と仲良くしてもらいたいものだ。

「……しかし、長年共に育ってきたのに、俺はおまえの女の好みが葛葉みたいなのだとは知らなかったな」

「はぁ、私も雅遠様が、女人のことを可愛い可愛いと言い出す日が来ようとは、夢にも思いませんでした」

「……」

どっちもどっち、ということらしい。

雅遠がため息をついたとき、前の右大臣邸のほうが明るくなった。築地の内が、にわかに騒がしくなる。

「……雅遠様！」

「かかったな」

雅遠は、背負った胡簶から矢を一本抜き取った。盗賊が押し入ってきたら、潜んでいる敦時の手勢が一斉に灯りを点け、一網打尽にする手はずである。

いつでも弓を引けるように持ちながら、雅遠はじっと前方の暗闇に目を凝らした。

風が吹き、月が現れる。

明るさを取り戻した道に、突如、一人の男が飛び出してきた。その手にも弓。そして、馬上の雅遠らに気づいて忌々しげに歪めた顔には、見覚えがあった。あのとき、雅遠に向けて矢を放った男だ。

こちらに逃げてこようとしていた男は、行く手を塞がれて踵を返した。雅遠は無言のまま、矢を番えて弓を引く。月明かりで、走って逃げる男の後ろ姿はよく見えた。手を離す。ほどなく鈍い悲鳴を上げて、男が倒れた。

「どこに当たった？」

「……尻じゃないですかね」

「脚を狙ったんだがな。やっぱりまだ本調子じゃないか」

まだ背中が痛む。傷口が開いていなければいいが。

逃げた男を追ってきた敦時の手勢が、ばらばらと外に出てきた。その中に敦時の姿もある。馬から降りると、敦時が歩み寄ってきた。

「――見事な腕前だね」

「外しましたよ。何人捕らえました？」

「この男で四人目だ」

「じゃあ、全員ですね。宮にお願いしてよかったですよ」

「他ならぬきみの頼みだからね。しかし、検非違使には何と説明するかな。あの別当は、私はあまり好かないのだが――」

手勢の一人が駆けてきて、検非違使らが来たことを告げ、盗賊よりも目つきの悪い検非違使を連れてくる。

「騒ぎがあったと聞いて巡視中にここに来ましたが、兵部卿宮様でございましたか」

「今夜ここに盗賊が入ると聞いたものでね」

「我々は聞いておりません。いかに宮様でも、お知らせくださらぬのは困ります」

敦時は涼しい顔で懐から取り出した扇を広げ、にっこりと笑ってみせた。

「すまないね。この件は私の責任で一切を片付けるように、主上から直々に承っていたものだから」

「……帝から？」

目つきの悪い検非違使は、さすがにひるんだ。

「ここは登花殿の女御様のお里だからね。主上はとても心配されて、私によろしく頼むと仰せになった。そういうわけだから、検非違使別当には私から、明日あらためて報告するよ」

「……承知いたしました。しかし、賊はこちらで引き取らせていただきます」

「それは駄目だ。私が主上から任されていると言っただろう。こちらで預かるよ」

笑顔で受け答えをしているが、敦時も退く様子はない。頼もしい限りだ。

「では、せめてどこで盗賊がここに入るとお知りになったのか、それだけでも伺いたい」

「それは……」

敦時が、横目で雅遠を見た。うなずいて、雅遠は検非違使の前に出る。

「左大臣家の源雅遠だ。俺が宮にお話しした」

検非違使は、左大臣と聞いて、ますます険しい顔になった。

「今朝、俺が鴨川沿いを散歩していたら、老人と子供の二人連れに道を尋ねられた。様子がおかしかったので子細を訊くと、隣家に盗賊が住み着いている、しかも盗賊が前の右大臣邸に盗みに入るという話を聞いてしまったが、仕事の話を聞かれたと知った盗賊たちが、怒って自分たちを殺そうとしたので逃げるのだと言ってな」

「……老人と子供……どのような人相の者たちで」

「顔中が鬚だらけで、人相はよくわからなかった。子供のほうも、十かそこらだと思うが、男か女か……顔は女のようだったが、水干袴だったしな」

「その二人は、どこへ」

「さぁな。東国へ逃げたいと言うから、逢坂の関への道を教えておいた。ま、橋を渡っていったところまでしか見てないから、どこに行ったのかわからんがな」

それがどうしたといった口調で言ってやると、検非違使は黙りこんだ。敦時はのんびりと、月を見上げている。

「……いずれ、こちらにも賊の身柄は渡していただきますぞ」

「いずれね」

敦時は優雅な笑みで応じて、あとは素知らぬ顔をしていた。目つきの悪い検非違使は、面白くなさそうな表情で立ち去っていく。

「……ということで、いいんだったね？」

その笑み顔のままで、敦時が雅遠を振り返った。

「面倒をかけてすみません。どうも検非違使を信用していいものかどうか、怪しい気がするもので。……けど、宮、帝にまでお話しされてたんですか」

盗賊の身柄を検非違使に渡さないようにとは頼んだが、まさか帝のお達しという話にまでなっているとは――

「あれは嘘だから。主上には明日の朝にでもお話しして、辻褄を合わせておくよ」

「……」

頼もしいというか、何というか。

ところで――と言って、敦時が扇を閉じた。

「今回のことはきみの手柄だ。きみの父上にも話すといい。きっと喜ばれるよ」

「話しませんよ。俺は全部宮にお任せしたんですから、俺の手柄じゃありません」

「……手柄はいらないのかな？」

「俺はこの怪我の借りを返してやりたかっただけですよ」

あの盗賊どもが二条中納言邸にまで押し入ったから、また桜姫がつらい思いをする破目になったのだ。落とし前はつけなくては。

「欲がないね。……では、盗賊どもはひとまず、私が預かるよ」

「お願いします」

敦時はひらりと手を振って、前の右大臣邸のほうへと戻っていった。保名が、ほっと息をつく。

「……捕まえられましたね」

「ああ」

「検非違使、あの二人のことばかり訊きましたね。盗賊じゃなく……」

「やっぱり変だな」

おかしいとは思うが、だからといって、何かできるわけでもない。無位無官の自分には何の力もないのだと、こんなところでも思い知らされる。自分にできるのは、せいぜい敦時を頼るぐらいなのだ。

「……さて、帰るか」

「どちらに？」

「白河に決まってるだろ」

「え、弓を持っていくんですか？」

「厩に隠しておく」

雅遠は再び、馬にまたがった。


夜も更けたというのに、朱華と牛麻呂は、ずっと寝殿の階の一番下に並んで腰掛けている。雅遠が帰るまで、そこで待っているつもりらしい。

「……姫様、あの二人、どうされるんですか」

詞子は、葛葉を振り返った。

「どうって……わたくしが決めることじゃないわ。どこかへ行きたいというのなら行っていいのだし、ここにいたいなら、いればいいのだし」

「盗賊ですよ？」

「もう盗みはしないって言ってたわ」

葛葉は苦笑して、側に寝そべっている玻璃の頭を撫でた。

「出ていったら、淡路さんががっかりするでしょうね。淡路さん、子供好きですから」

「そうね。――そういえば、淡路は？」

「小鷺さんとおしゃべりしてましたよ」

詞子の傍らで丸くなっていた瑠璃が、うー、と唸る。蹄の音が聞こえてきた。

「……お戻りですね」

「ええ」

あたりを片付けているうちに、庭から雅遠の声がしてきた。

「――四人とも捕らえたから大丈夫だぞ。いや、検非違使には渡してない。兵部省で預かってもらってるから。それと牛麻呂、鬚は全部剃っておけ。おまえたちは東国に逃げたことにしてあるが、念のためな」

「いま帰った。待たせたな」

廂の御簾をくぐって、雅遠が入ってくる。詞子を見て、笑顔になった。

帰った、と――

詞子も立ち上がり、微笑んで雅遠を出迎える。

「……お帰りなさいませ」

「うん」

「泊まって、いかれますか」

雅遠はおどけた仕種で首を傾げ、詞子の顔を覗きこんだ。

「——当然だろ?」

＊＊　　　＊＊　　　＊＊

捕り物の翌日、雅遠と保名が白河から四条へ戻ったときは、すでに昼近くなってい
た。そこにひと息つく間もなく、仕事から帰った父の雅兼が、例によって不機嫌な顔
で、西の対に乗りこんできた。

「おまえ、昨夜前の右大臣邸で盗賊を捕まえたそうだな」

立ったまま雅遠を見下ろしながら、雅兼は息子をにらんでいる。

「捕まえたのは兵部卿宮ですよ」

「どっちでもいい！　とにかく、おまえも絡んでいたのは間違いないのか」

「……ええ、まぁ」

敦時は、話せば父が喜ぶだろうと言っていたが、とてもそんな気配はない。それど
ころか、雅兼は、余計なことを——と吐き捨てた。

「余計?」

「余計なことだ！　よりによって……」

「——おや、これは左府どの」

かしましい女房たちを引き連れて、几帳の後ろから優雅に顔を出したのは、昨夜世話になったばかりの敦時だった。

「あ、宮。昨日はどうも」

「やぁ。父上とお話し中だったたかな」

女房たちをまた後でと下がらせて、敦時が笑顔で雅遠と雅兼を交互に見やる。雅兼は苦い表情になった。

「何か御用ですかな」

「ええ。雅遠へ内々に、主上の御用を承ってまいりましてね」

雅兼の顔色が、さっと変わる。

「ああ、お叱りではないですよ。むしろ反対です。左府どのにも近いうちに、正式に吉報が入りましょうから、今日のところは雅遠と話をさせてもらってよろしいですか」

「……どうぞ御随意(ごずいい)に」

説教半ばで、雅兼は出ていった。保名があからさまに安堵のため息をつく。

「何です、帝の御用とは……」

背筋を正して座り直した雅遠に、敦時は笑って手を振り、茵に腰を下ろした。

「かしこまらなくていいんだよ。正式の使者ではないからね。主上からの、ちょっとした御伝言だ。——登花殿の女御を救ってくれてありがとう、と」

「……女御様をお救いしたわけじゃないでしょう。まぁ、御実家を救ったことにはなるのかもしれませんけど……」

敦時は含み笑いをして、声を落とした。

「実はね、昨日は登花殿の女御様が、宿下がりをしておられたんだよ」

「……帰っておられたんですか？　前の右大臣邸に？」

「そう。しかもお泊まりになる予定だったから、きみが私に知らせてくれなければ、女御様のおられるところに、盗賊が押し入ったということだ」

側に控えていた保名が、ひぇっと叫んで口を押さえる。

「荒々しい賊だったからね、捕らえるときも、ずいぶん手向かいされた。あのまま女御様がお泊まりになっていたら、危ないことになっていたかもしれない。けれど、きみの知らせで、女御様はすぐに登花殿にお戻りになったし、屋敷の者たちもあらかじめ避難できたんだ」

「そうだったんですか……。それはよかったですよ」

まさか宿下がりしていたとは知らなかったが、結果として登花殿の女御が無事だったのなら、それは素直によかったと思う。

ところが、敦時は何故か吹き出した。

「……宮？」

「いや……そういうところが、きみらしいのかな」

「何ですか、笑って」

「さっき、きみの父上が怒っていただろう。私も昨日は失念していて、喜ばれるなどと言ってしまったが、考えてみれば、怒られるのかもしれないね」

「何故、雅遠様が殿のお叱りを受けなくてはならないんですか。しかも余計なことなんて」

保名はふて腐れて頬をふくらませたが、敦時は扇の陰で苦笑いをする。

「答えは簡単だよ。――きみの父上も右大臣も、登花殿の女御様が邪魔なんだ」

「……へ？」

雅遠と保名は、顔を見合わせた。

「後宮には、いま四人の女御様がおられるだろう。梅壺と藤壺に、右大臣の二人の姫君。麗景殿に、左大臣の姫君であるきみの姉上。それと登花殿に、前の右大臣の姫君が」

「はぁ、おいでですね」

「その中で、主上の御寵愛が最も深いのが、登花殿の女御様なんだよ」

「へー、そうなんですか。……あ、それで帝は、わざわざ俺にありがとうなんて……」

雅遠はうなずいただけだったが、保名は、あっと声を上げた。

「……邪魔って、そういう意味なんですか」

「そう。どちらの大臣も、帝の御寵愛が我が娘に向いてくださらないと、皇子が生まれないのではないかと、気が気でない」

「は!?」

雅遠は思わず、大きな声を出してしまう。

「ちょっ……だって、そんなこと運次第みたいなもんでしょう。だいたい麗景殿と梅壺には皇女がおいでですけど、真っ先に入内された登花殿の女御様には、まだ御子がないじゃないですか。御寵愛と御子は何の関係もないんじゃ……」

「おや、きみは姉上が一番に御寵愛を受けておられなくても平気なのかな」

「や、それはまぁ、二番目以下なら姉も気の毒とは思いますが……だからって御寵愛の順番なんか、帝のお気持ちでしょう。周りがどうこうできるもんじゃないですよ」

無理やり他の女を好きになれと強いるようなものだ。そもそも臣下が勝手に娘を入内させてくるのだから、一番好きな女御の他にも気を配らなくてはならない帝は、さぞや大変だろうと、桜姫以外と結婚する気のない雅遠は思ってしまう。

「それに、邪魔だからって昨日のことが余計なことだというのは、おかしいですよ。まるで父上は、女御様が盗賊に襲われてもいいみたいな……」

そこまで言って、雅遠は自分の言葉の薄ら寒さに、口をつぐんだ。……余計なことというのは、つまり、そういうことだったのだ。登花殿の女御などどうなってもいい、いっそ盗賊にでも——

「……ああ、忘れるところだった。まだ大事な伝言と、届け物があるんだよ」

黙した雅遠に、敦時は静かに話題を変えた。

「さっきも言ったように、主上はきみにとても感謝しておられる」

「盗賊を捕らえたのは宮じゃないですか……」

「私は主上に、事の次第をすべてありのままお話ししただけだよ。もちろん私もお褒めにあずかったけれどね。——主上はきみがまだ官位を持っていないのを、不思議がっておられた。弟は蔵人に任じられているのに、何故きみがまだ出仕しないのかと」

「……それは俺に言われても」

こちらとて、いまは桜姫のために早く官位が欲しいが、後ろ盾となる父にその気がない。

「だから主上は、次の除目できみに位を与えたいそうだよ。できれば正五位上を」

「——はぁ!?」

さらに大きな声が出てしまった。保名も目を丸くしている。

「って、ちょっ、帝が……？」

「直々の御希望だよ。役職もね、近衛少将兼任の蔵人あたりでどうかと。私もこれまでの例から見て、それくらいが順当だと申し上げた」

「……」

近衛府は主に宮中警固が役目の武官、さらに蔵人は、帝に近侍し、太政官との連絡役などにも当たる重職であり、後の昇進に期待が持てる役職である。

「左府の嫡子のきみが、登花殿の女御様を見捨てなかったことを、主上はよほど嬉しく思われたようだね」

「……」

見捨てるも見捨てないも、宿下がりのことなど何も知らなかったのだが……。

呆然としている雅遠と保名を面白そうに見比べながら、敦時は懐から、片手に乗るくらいの大きさの錦の袋を取り出した。

「主上からの御褒美だよ。私もちゃんといただいているから、きみも遠慮なく受け取るといい」

紐を解いて袋の口を開け、中を覗いて二度固まった。……砂金が詰まっている。

絶句している保名に袋を持たせ、雅遠は敦時に頭を下げた。

「……お心遣い、ありがとうございます」

「主上にも、確かに渡したとお伝えするよ。秋の除目を楽しみにしておいで」

敦時は腰を上げ、女房たちの顔を見てから帰ると言って、奥へと立ち去っていった。

後には雅遠と保名と、やけに中身が詰まって重い、錦の袋が残される。

「ま……雅遠様、何だか、すごいことになりましたけど……」

「……そうだな」

「五位ですよ。蔵人の少将ですよ。砂金ですよ」

「とりあえず落ち着け」

雅遠は砂金の袋を両手で捧げ持ちながら震えている保名の額を叩いて、さっと袋を奪い取ると、懐に押しこみながら立ち上がった。

「出かける」

「へっ？　……え、またですか？」

「おまえは別に来なくてもいいんだぞ」

「……い、行きますよ。連れていってくださいよ」

「馬で行くぞ」

「……」

歩いていきたいとぼやく保名とともに、雅遠は再び、白河に向かったのだった。


「——というわけだから、これはそなたが好きに使っていいぞ」

そう言われ、ぎっしり砂金の入った袋を持たされた詞子は、ぽかんと口を開けて雅遠を見ていた。

「わたくし……が？」

「ああ」

「……雅遠様がいただいたものでは……」

帰ってしまったと思ったら、すぐにまたやって来た。それは嬉しいが、わざわざこれを届けるためだったのだろうか。

「俺がいただいたものだから、堂々とそなたにやれるんだ。このまえ言っただろ、そなたのことは、いっさい引き受けると」

「……」

本気だったのだ。いや、嘘だと思っていたわけではないが、いずれは、というくらい先の話のつもりでいた。まさか、いきなりこんな形で、見たこともないほどの大金を渡されるなんて、考えもしていない。

「とりあえず、それだけあれば秋の除目までは大丈夫だろ。ま、本当に俺が蔵人の少将に任じられるかどうかはわからんがな」

「……ですが、あの、せっかくの賜り物ですし、雅遠様が、御自分のためにお使いになったほうが……」

「俺はそなたに使ってほしいんだ。だからこれは、俺のためでもある。遠慮するな」

「……」

雅遠の笑顔と砂金の袋を見比べて――詞子は袋を傍らの文机に置き、雅遠に向き直った。

「では……使い道も、わたくしが決めてよろしいでしょうか」

「ああ」

「布を買って、あなた様の新しい単をお作りしても？」

雅遠は立てた片膝に頬杖をついて、目を細める。

「なんだ、そなたの衣を仕立てるんじゃないのか」

「もちろん作らせていただきますが、雅遠様のぶんもお作りしたいですので」

「好きにしていいぞ」

笑いながら、雅遠はいつものように、手枕で横になった。

「――なぁ、琴、弾かないか」

「え……」

「今日は笛を持ってこなかったが、そなたの琴が聴きたい」

「……」

詞子は思わず下を向く。

「どうした？」

「ごめんなさい。琴、ないんです。……艶子が持っていってしまいました」

「何だと？」

雅遠は眉をひそめ、すぐに起き上がって詞子の顔を覗きこんだ。

「盗賊が入ったときに、艶子の琴が壊されてしまったそうです。すぐに入用だからと、このあいだ……」

表情を険しくした雅遠に、詞子は微笑んでみせる。

「あの『玉歩』は、わたくしが祖父から譲り受けたものです。でも、わたくしと立場を入れ換えた経緯を知らない艶子にとっては、わたくしが譲られるのもおかしいと思って当然でしょう」

「……しかし、あれはそなたの琴だ」

「ええ」

立場が逆転し、表向き、前の中務卿宮の血筋ではないことになってしまったが、あの琴と笛は、そうなってしまった後に譲られたものだ。だから紛れもなく、詞子の琴なのだ。

「仕方のないことと……諦めてしまうほうが、気が楽でした」

何も望まなければ、何も欲しなければ、惜しむ気持ちも抑えられる。ずっと、そうやって諦めてきた。

「……ですが、正直に申しますと、残念ですし、悔しいです」

「悔しいか」

「はい。……雅遠様の笛と、合わせられなくなってしまいましたから……」

諦めるほうが気楽だと思っていた。だが、素直に悔しいと口に出してしまえば、そのほうがずっと、気持ちが軽い。

もっとも、気が軽くなったところで、琴は返ってこないが——

「じゃあ、取り返しに行くか」

「え？」

あまりにあっさりした口振りだったので、一瞬、どういう意味かわからなかった。

「取り……返しに？」

「二条に行って、妹から取り返してくるんだ」

「……」

口調どおり、雅遠の表情もあっさりしている。

「それは……無理です、さすがに」

「なんで」

「艶子がおとなしく返すとは思えません」

由緒正しい琴だから、鬼が持つべきものではない、とまで言われたのだ。

「そうやっていつも泣き寝入りしてたら、それこそ妹の思う壺だぞ」

「ですが、そもそもわたくしは、簡単にはここから出られません。外に出られる格好ができるようなものは、何も持っておりませんし……」

牛車どころか、徒歩で行くための市女笠のひとつすらない。

ところが雅遠は、それのどこが問題なのか、というような顔をした。

「牛車ぐらい貸すぞ。うちから持ってくる。——ああ、そうだ。牛麻呂が昔、牛飼童をしてたって言ってたな。ちょうどいい。あいつを連れていこう」

「あ、あの……」

「あとは何だ？　淡路と葛葉も来るかな」

「……」

反論するための材料が見つからない。それどころか、さっきまで几帳の裾にじゃれついて遊んでいたはずの瑠璃と玻璃が、いつのまにか、じっと詞子を見上げている。

「何だ、おまえたちも行くか？」

二匹は揃って、いーっと唸って歯を見せた。笑っているようにも見えるその顔は、はっきり言って不気味だが、これでも機嫌のいい顔なのだ。

雅遠が詞子を見た。子供が、思いついた悪戯に遊び友達を誘うような目で。

「行くだろ？」

「……」

取り返せるだろうか。

そんなことは、思いつきもしなかったけれど——

「い……き、ますっ」

「よし」

今度はまるで子供を褒めるように、雅遠は詞子の頭を撫でた。

「支度して待ってろ。牛車持ってくる」

「あっ……」

立ち上がった雅遠の狩衣の裾を、詞子は慌てて摑んで引き止める。

「あの、わたくし、行きます、けどっ……戻るまで、雅遠様、ここにいてくださいますか？」

すんなり取り返せるとは思っていないが、取り返せなかったら、やはり落ちこむような気がする。そういうとき、雅遠に側にいてほしいと思ってしまうのは、ずるいことかもしれないが。

雅遠はきょとんとして、首を傾げた。

「何言ってるんだ。俺も一緒に行くに決まってるだろ」

「……え⁉」

「車から降りなければ、見つかりはしないだろ。もし見つかったら、言い訳は俺が考えておいてやるから」

「……」

そう。……雅遠は、そういうひとだった。


車の軋む音の合間に、牛麻呂の牛を進ませる声が聞こえる。牛飼童をしていたことがあるというだけあって、きびきびとした掛け声だ。ずいぶん年寄りかと思っていたが、鬢を剃り落として小ざっぱりとした身なりをしているいまは、幾分若く見える。

雅遠は、一番飾りの少ない、地味な網代車を貸してくれた。四人は乗れるが、淡路と葛葉は同乗せず徒歩で行くというので、笠まで借りてしまった。だが、さすがに従者までは借りられないので、水干姿の朱華と、筆丸も付き添っている。

さっきまで瑠璃と玻璃が一緒に乗っていたが、揺れるのを嫌ってか、二匹とも降りてしまった。物見から覗くと、車の横をきちんとついてきているようだ。

「何を言われても退くなよ？　そなたは気がやさしすぎるんだ。あっちがそなたを鬼呼ばわりするぐらいなんだから、そなたはもっと鬼みたいに強く出ていいんだぞ」

唇を尖らせながら、向かいに座っている雅遠が言う。上背のある雅遠には、牛車は窮屈そうである。

「……鬼みたいに、ですか？」

「そうだ。いっそこんな顔してやれ」

鼻の頭に皺を寄せ、口を大きく開けてみせる雅遠に、詞子は思わず吹き出した。

「嫌です。そんな顔できません……。雅遠様は、わたくしがそんなに怖い女になってもよろしいのですか？」

「そなたの怖いのなんか、高が知れてる。にらまれたって可愛いもんだ」

雅遠は笑って、それからちょっと外の様子をうかがい、詞子のほうに顔を近づけ小声で言う。

「それどころか本当に怖い女に惚れたやつがいるんだぞ。——保名が葛葉を好いてる」

「えっ……」

「まだ内緒だぞ」

詞子もつい肩をすくめて、声を落とした。

「……保名さんが葛葉を？　本当ですか？」

「本人がそう言ったから間違いない。あいつのが、よっぽど怖いもの知らずだ」

葛葉は保名に、最初からだいぶきつい態度で当たっていたので、意外といえば意外だが。

「……あの、一応申し上げておきますけれど、葛葉を怖がっているのは、たぶん雅遠様だけです……」

「へ？」

「雅遠様は、よく葛葉に叱られるようなことばかりしていらっしゃいますから、葛葉を怖いと思われるんです」

「……俺は瑠璃も怖いが」

「それも、雅遠様が瑠璃に嫌われることばかりされるからです」

「だっ、だってあいつ、よく桜姫の膝で寝てるから……」

「猫が膝で寝ているくらいで、邪魔だ邪魔だと追い立てなくてもいいじゃありませんか」

「あいつ、俺の桜姫に馴れ馴れしいんだ」

「……猫と本気で張り合わないでくださいませ」

詞子が額を押さえたところで、牛車がゆっくりと止まった。構わないから入って、東の対に車を立てて——と言っている、葛葉の声が聞こえる。

「……着いたな」

雅遠がつぶやき、詞子は手にしている檜扇を握りしめた。牛車が再び動き出し、外からは二条中納言邸の家人たちのものらしき声が聞こえるようになる。

知らず奥歯を噛みしめ、強張っていた頬に、雅遠が手を伸ばしてきた。

「大丈夫だ。……強くなれ。俺がついてるから」

「……」

詞子は、はっきりとうなずいた。

車が止まり、しばらくして朱華が到着を告げる。前の簾が上げられ、陽射(ひざ)しを照り返してまぶしい白砂(はくさ)が見える。

扇を広げ、榻(しじ)に足をかけて、詞子は一度、雅遠を振り返った。雅遠も笑みを浮かべる。

庭に降り立つと、すでに艶子付きの女房たちが、驚きの顔で部屋の中からこちらの様子をうかがっていた。詞子はざわめく女房たちに構わず、淡路、葛葉とともに、東の対の階を上っていく。瑠璃と玻璃が詞子らの前に出て、居並ぶ女房たちに向かって、早速唸り声を上げていた。

「な……何です、勝手に上がってきて……！」

「お下がりなさい。ここはもともと、わたくしの家です」

静かに、しかしきっぱりと非難の言葉をはねつけると、ひるんだ女房が後ずさる。

先導していた瑠璃と玻璃が、揃って鳴きながら駆け出した。

「姫様、あそこに……」

淡路が指さした先に、琴が置いてあり、走っていった二匹が、そのあたりにいた女房たちを追い払っている。そこに、甲高い声が響き渡った。

「——何であんたがここにいるのよ!?」

目を吊り上げてにらんでくる艶子を、詞子は落ち着いて見つめ返す。

「わたくしの琴を返してもらいにきたの」

「あんたのですって？　まだそんなこと言ってるの？」

「わたくしの琴よ」

詞子は落ち着いた口調でそう言って、周囲を見まわした。

明るくて広々とした部屋。大勢の女房たち。破れても色あせてもいない几帳。ささくれもない畳や床に華やかに散らばった、彩り鮮やかな料紙と、遊び道具の貝——何もかもが、本当ならば自分のものであるはずだった。自分のものであることを疑う余地もなく、様々なものに囲まれて、心穏やかに暮らしていたことだろう。

いま、それを惜しいとは思わない。華やかさから引き離された暮らしを嘆くこともない。

たとえば、新しい出会い。いままで目にすることもなかった、日の光。遠くで咲いていた小さな花。何げない約束——いまの自分は、ひとつひとつはささやかな、けれど何にも替えがたい、愛おしいものを持っている。

……強くなれ。

愛おしいものを、守れるように。

「艶子」

詞子は艶子の目を、まっすぐ見据えた。

「あなた――いま、幸せ？」

「……何よ？」

艶子は微かに眉根を寄せて、怪訝な顔をする。

「幸せ？　それとも、不幸せだと思う？」

「何おかしなこと言ってるのよ。不幸せなはずがないでしょ」

「幸せなのね？」

「あたりまえでしょ！」

訊かれたことの意図がわからないのだろう、艶子は苛立ち、声を荒らげた。

――わたしの娘を見捨て、不幸せにしたなら、許さない。

艶子は、不幸せなはずがないと言った。幸せだと。それなら韓藍の女が望んだとおりだ。

詞子は、にこりと笑った。

「そう。よかった。あなたが幸せじゃないと、わたくしが困るの」

「……はぁ？」

「でも、まさか琴がなくなったくらいで、不幸せにはならないわよね。新しい琴は、お父様にお願いして作ってもらってね」

淡路と葛葉を振り返ると、二人はうなずいて、さっさと琴を持ち上げた。

「ちょっと、何してるの！」

「管弦の宴は終わったんでしょう？　返してね。これはわたくしの琴だから」

「だからこれは——」

「あなたが譲られるべきもの？　それなら艶子、あなた、この琴の名前を知ってる？」

「……っ」

艶子は言葉に詰まり、周りの女房らを見まわしたが、誰も琴の名前を答えようとはしなかった。当然だろう。知るはずがない。

「この琴はね、『玉歩』というの。前の中務卿宮様が、呪い持ちになってしまったわたくしを憐れんで、亡くなるときに譲ってくださったのよ。だからこれは、わたくしの琴。お父様も、そのことは御存じのはずだけれど……。お忘れになってしまったのかしらね」

忘れたのではなく、艶子に逆らえなかったのだということは、わかっているが。

「そ……そんなの嘘に決まってるわ！　お祖父様が、あんたみたいな鬼にお情けをかけるはずがないじゃないの！　琴を置いて、とっとと出ていきなさいよ！」

「嘘かどうかは、お父様に訊くといいわ。お父様が答えてくださらなかったら、太郎君付きになっている、左近と生野という女房がいるでしょう。その二人も知っているはずよ」

　まったく動じる様子のない詞子に、一瞬、艶子のほうがうろたえた表情を見せる。

「……何よ、鬼に琴なんか必要ないわ！　その琴は、あたくしにこそふさわしいのよ！」

「あら、あなたはそれでいいの？」

　詞子はすっと目を細め——扇で口元を隠しながら、くすりと笑い、艶子に一歩近づいた。

「ずっと鬼の持ち物だった琴なんて欲しがって……怖いもの知らずね。この琴に、物の怪がとりついているかもしれないとか、考えなかったの……？」

　艶子が何か言う前に、周りの女房たちが顔色を変え、一斉に悲鳴を上げた。それまで紅潮していた艶子の頬も、白くなる。

　詞子はさらにもう一歩近づき、少し背を丸めるようにして、できるだけ低い声で、ささやくように言った。

「あんまり、わたくしのものを欲しがらないほうがいいわ、艶子。何が起こるかわからないでしょう……？」

「……っ」

艶子と女房たちが身をすくませている間に、淡路と葛葉が琴を運び出す。それに続いて、瑠璃と玻璃が、それぞれ書物らしきものを口にくわえて戻ってきた。

「あら、それ……楽譜じゃないの？」

手にとってみると、二冊とも琴の楽譜で、しかも見覚えがある。いつのまにか手元からなくなっていたものだ。

「失くしたはずはないと思っていたのよ。ちゃんとしまってあったんだもの。やっぱり艶子が持っていっていたのね」

「そ、それは、あたくしの――」

「ここに注意するところを書きこんであるわね。これはわたくしの手跡だわ」

ため息をついて、詞子は艶子を軽くにらんだ。

「あなたはお父様にお願いすれば、何でも聞いてもらえるでしょう。わたくしはもうずっと前に、あなたにとても大きなものを譲っているの。これ以上は何もあげられないわ」

「……何よ、それ……大きなものって」

知らないままのほうがいいのか、知るべきなのか――詞子には、どちらとも判断はつきかねた。

ただ、艶子が真実を知らずにいるうちは、実の母親のことも知らないままだというこどで、それは、あれほど娘の幸せを願っていた韓藍の女が、不憫とも思える。

詞子は黙って、踵を返した。

「――鬼姫！」

疑問に答えないまま立ち去ろうとする詞子を、艶子が怒ったような声で呼び止めた。

そう、鬼だ。艶子が真実を知ろうと知るまいと、呪いの言葉を受けたのは詞子自身であって、他の誰でもない。仮に立場を戻したところで、詞子が呪い持ちであることに、何の変わりもないのだ。

詞子は顔だけ振り返り、肩越しに艶子に笑いかけた。

「鬼は退散するわ。お父様によろしくね」

薄々気づいているかもしれない真実を、知る覚悟ができたときには、艶子自ら、誰かに尋ねるだろう。……最も真実から逃げている、父にでも訊けばいい。

あとは振り向かず、詞子は階を下りた。淡路と葛葉、筆丸と朱華、牛麻呂が待っている。瑠璃と玻璃も、一緒に出てきた。

車の後ろの簾を上げると、長い琴を膝に抱えてさらに窮屈そうな雅遠が、楽しそうな笑顔で手を差し伸べてくる。外からは見えないように気遣いながら、詞子はその手を借りて、乗りこんだ。

牛麻呂の一声で、すぐに牛車は動き出す。

「……それ、何だ？」

しばらく黙っていた雅遠が、道に出た頃合を見計らって、早速口を開いた。

「琴の楽譜です。これも取り返してきました」

「上出来だ。けど、どうせすんなり渡したわけじゃないんだろ？」

「ええ。ですから、鬼の持ち物を欲しがると怖いことになるって、脅してきました」

「いいぞ。今度何かあったら、またそのくらい言ってやれ」

本当に怖い女になって言ってきたつもりだったが、雅遠は恐れもせず、のんびりと笑っている。このくらいでは、まだまだ——ということなのだろうか。

詞子は、まだ少し強張っていた肩から、ようやく力を抜いた。

「……艶子、幸せだそうです」

「うん？」

「訊いてみました。いま幸せかどうかと……。不幸せなはずがないと、言いました」

「そうか。それならそなたも、遠慮なく幸せになっていいんだぞ」

「はい」

うなずきながら――しかし、本当は、とっくに幸せになっているのだ。

ここに、まさに強引なほど遠慮なく、幸せを与えてくれたひとがいるから。

牛車が大きく揺れて、雅遠がどこかに頭をぶつけたらしく、だから車は嫌いだと唸った。

「……そういえば、二条の屋敷では誰かに見つかりませんでしたか」

「随身か何かが、様子を見にきたな。白河に牛車はないはずだとか何とか言って」

「では……」

「ああ、見つかった」

「えっ」

見つかったにしては、雅遠はいたってのん気に、琴の弦を爪で弾いている。

「でも姿は見せてないぞ。牛麻呂がどこの牛車だと訊かれて返事に困ってたんで、俺が中から答えてやったんだ」

「何て……」

「名乗るほどの者じゃない、通りすがりに美人が徒歩で行くのを見かけたから、親切な俺がここまで送ったんだ、と」

「……」

「で、荷物があるらしいから帰りも送っていくと言ったら、どこの誰だかわかっていて乗せたのかと訊かれたから、知らんと返事してやった。それ以上は何も言われなかったぞ」

それはそうだろう。いまごろは二条中納言邸の者たちに、何も知らずに鬼姫と関わってしまうなんて運が悪い、きっと後で災いがあるに違いないと、噂されているはずだ。

「つまりわたくしは、見知らぬ殿方に声をかけられて車に乗ってしまった軽はずみな女で、あなた様はうっかり鬼を乗せてしまった、やはり軽はずみでお気の毒な方、ということですね？」

「……まずかったか？」

「いつもどおりだと思います」

言い訳以前に、最初からそのような縁（えにし）だった。

詞子は扇を閉じて、にこりと笑ってみせる。

「似た者同士、これを御縁に仲良くしてくださいね」

「じゃあ結婚しよう」

「……考えておきます……」

牛車は行きの道よりも速く、白河への帰路を進んでいた。

＊＊　　＊＊　　＊＊

　長雨の時季も終わり、昼日中の陽射しが強く感じられるようになってきた。以前に訪ねたときよりも鬱蒼としている芝草の繁みを抜けると、爽楽の庵が見えてくる。

「――御坊はおられるか」

　馬を垣根に繋ぎ、雅遠が奥に向かって声をかけると、すぐに爽信が出てきた。

「これはどうも……」

「ああ、このあいだはいろいろすまなかったな。俺の乳兄弟まで面倒をかけて」

「帰るついでですよ。それより怪我のほうはいかがでございますか」

「傷は塞がってきてるし、だいぶいい」

　手土産の唐菓子と餅を爽信に渡して、雅遠は庵に上がった。相変わらずあちこちに書物の山がある。

「爽楽どのはお留守か？」

「いえ、奥で昼寝しております。起こしてまいりましょう」

「それは悪いだろ。……ちょっと頼み事があっただけなんだ。また今度寄る」

　雅遠は懐から出しかけていた書物を、また押しこもうとした。爽信がそれに目を留める。

「それは……『中家要集』ですか」

「ああ、このあいだ御坊にいただいた本だ」

「……いかがでしたか」

「なかなか興味深かった。これの中身について、二つ三つ伺いたいこともあったんだが――」

　ふと見ると、爽信が少し驚いたような顔をしていた。

「何だ？」

「いや、その……貴殿はそれを、読めたわけですな？」

「読めたぞ」

「……失礼ながら、貴殿は、勉強のほうは、その、あまり……」

「ああ、俺は勉強がまるで駄目だが」

「まるで駄目なら、それは読めぬはずです」

　爽信が驚きに目を見開いたままで、首を振る。

「……何だと？」

「その『中家要集』は、実は爽楽様が、御子息のために書かれたものなのです。御子息はとても優秀な方でおられたそうですが、若くして亡くなられました。爽楽様のお嘆きは、それはたいへんなものだったそうで……」

爽楽は他家から迎えた養子に家を継がせ、自らは息子の供養のために出家したのだという。

「……じゃあ、出来のよすぎる子供のために書いたが、簡単すぎて返されたって、このまえ話してたのは……」

「本当は、書物を渡す前に御子息が亡くなられたのです。優秀な御子息に渡すはずだったものが、簡単であるはずはありません。養子の方には、わざわざもっとわかりやすく書いたものを渡したと、私は爽楽様から聞きました」

「……」

雅遠は、くすんだ藍色の表紙をじっと見つめた。……簡単なはずがない？

呆気（あっけ）にとられているところに、奥の間から爽楽が、盛大にあくびをしながら現れた。

「何だ、来とったのか若いの」

「はぁ……邪魔してます」

「これから女のところに行くのか」

「いえ、今日は泊まってきた帰りで……」

「そりゃ結構」

爽楽はもう一度あくびをして、どっかりと床に座る。爽信が面白そうに、爽楽に告げた。

「──爽楽様、こちらの御仁、『中家要集』読めたそうですよ」

「読めた？　おまえさん出来が悪かったんじゃないのか。まったく噂は当てにならんな」

　爽楽はつまらなそうに言って、手近な書物や巻物をあさり始める。

「……もしかすると、俺は出来が悪くないんですかね」

「だろうな。誰かに出来が悪いと思いこまされとったんじゃないのか？」

「思いこまされてた……？」

「ほれ、次だ」

　書物の山から一冊抜き出して、爽楽が雅遠に向かって投げ渡した。紅色の表紙も中の紙も、やはり古びた色をしている。

「それもくれてやる。そっちはもっと簡単だぞ」

「……簡単、ですか」

　何だか爽楽の言う簡単は、当てにならない気がしてきた。それこそ世間の噂並みに。

　雅遠は苦笑して、爽楽に頭を下げる。

「遠慮なくいただきます。そろそろ出仕できそうなので、これで勉強しますよ」

「いまごろお呼びがかかったか」

「はい。ですから御坊には、今後とも御指導をお願いしたいのですが」

雅遠が言うと、爽楽は欠けた前歯を見せて、にやりと笑った。

「土産次第で、何でも教えてやるぞ」

「はぁ。何がお好きですか」

「酒」

「……飲むんですか」


自分は出来が悪いのだと思いこまされていたのではないか——と言われると、思い当たることがなくはなかった。

父の雅兼は、息子の雅遠と利雅に、同じ勉強の師を付けていた。別々に暮らしている雅遠と利雅は、つい最近まで顔を合わせたことはない。それまでは、父親か先生を通して、互いについての話を聞くだけだったのだ。

そして、勉強の進み具合は、先生しか知らない。先生が、利雅のほうが進んでいると言えば、それを信じるしかなかった。父もそうだろう。利雅のほうが抜きん出て優秀だ、雅遠は駄目だと聞いても、疑いはしないはずだ。

……桜姫も言ってたよな。俺と利雅だけ比べたって、頭の良し悪しはわからないって。

利雅より劣るというだけで、世の中の誰より劣ると思いこまされていたのかもしれない。

とは言え、それもひとつの推論でしかない。少なくとも、自分は歌を詠むのが苦手で、それは紛れもない事実だ。

……どうするかな……。

雅遠は四条の屋敷で、朝からずっと、色とりどりの料紙を前に唸っていた。

桜姫に恋歌を送ってみようと試みている最中なのだが、清々しいほど何も思いつかない。想いはあふれるほどあるのに、まったく歌の形になってくれないのだ。

「……まだ詠めてなかったんですか？」

仕事から帰ってきた保名が雅遠の手元を覗き、呆れた声を上げる。

「もう昼ですよ。早く書いてくださいよ。雅遠様が先に姫君に送ってくださらないと、私も葛葉さんに歌を渡せないじゃないですか」

「おまえはおまえで、勝手に渡せばいいだろ」

「そうはいきませんよ。側付きの女房のが先に恋歌をもらってるなんてことになったら、姫君がお気の毒じゃありませんか。葛葉さんだって、姫君のことを思えば、私の歌をすんなり受け取ってくれるかどうか……」

「あー、わかったわかった。わかったから黙って待ってろ」

手本になりそうな歌集をめくりながら、雅遠は額を押さえる。……黙っていようとしゃべっていようと、詠めないものは詠めないのだが。

何度目かわからないため息をついたところで、奥がにわかに騒がしくなった。聞こえてくる声からするに、女房たちが騒いでいる――というより、むしろはしゃいでいるようだ。

「……誰か来たな」

「そのようですね」

「女どもが騒ぐってことは――」

屏風の後ろから現れた姿に、雅遠は思いきり眉をしかめてしまった。

「これはどうも、兄上」

「……利雅か」

苦手の異母弟である。

利雅は色の白い顔を扇で半分隠し、目玉だけを動かして床に散らばっている歌集を眺め、女房たちには優雅な微笑と見えるらしい冷ややかな薄笑いを目元に浮かべた。

「おや、歌のお勉強中でしたか」

「……何か用か」

「兄上が盗賊に斬られて大変な怪我をされたと聞きましたもので、それは御見舞いをせねばと思いまして、駆けつけてまいりました」

「あー、わざわざ悪いな」

人を小馬鹿にしたような顔で見舞いに来たと言われても、真実味がないのだが。

「騒ぐほどの怪我じゃないが、世の中物騒だからな。おまえのところも用心しろよ」

「これはお気遣い痛み入ります。うちは私が五位蔵人に任じられてから人も増やせまして、充分な警備ができておりますので、不逞（ふてい）の輩になど負けますまい」

「……そりゃ結構だ」

無位無官の雅遠の住まいでは人手不足で警備もできず、やすやすと盗賊に入られて怪我までしているとはいい笑い者だと言われているように聞こえるのは、穿（うが）ち過ぎだろうか。

「しかし兄上も、ここでは取り逃がした盗賊どもを登花殿の女御様のお里で捕らえられたとか……。ずいぶん御活躍されたそうではないですか。登花殿の女御様もさぞや御安心されたことでしょう」

「捕らえたのは兵部卿宮だ」

「御謙遜（ごけんそん）をなさいますな。兄上でしたら、怪我さえされなければここで賊を捕らえられましたでしょうに」

やはり、どうせ捕まえるなら自分の家で捕まえろ、よりによって登花殿の女御を助けるなんて愚か者だと、父と同じことを言われているような気がしてならないのだが。

……罪もない女を見殺しにしてまで、出世したいもんかな。

雅遠は気づかれない程度に軽く息をつき、歌集の中に紛れていた、古びた藍色の表紙の書物を引っぱり出す。

「――利雅おまえ、『中家要集』読みたがってたろ」

「はい……？」

「手に入った。貸してやる」

差し出された書物に、利雅は初めて面食らった顔を見せた。

「……手に入った、とは」

「別に、言葉のとおりだ。たまたま見つけたんで、譲ってもらった」

まるで市に並んでいたものを買ってきたかのような雅遠の言い方に、利雅は驚きと胡散臭さの入り混じった表情で、雅遠と書物を見比べている。

「明法博士をしていた中原教常の書だそうだ。中身は秘伝ってほどじゃないが、読めばためになる。……ま、もう職務に就いてるおまえには、あらためて読むこともないかもしれないがな」

「……」

利雅は無言で扇を閉じ、受け取った書物を開いた。目線が忙しなく文字を追っていくうちに、何故か白い顔に赤みが差し、扇に隠されていない口元が微かに震えてくる。

「どうした？　役に立ちそうか。俺はなかなか面白いと思うんだが」

「……さて、それは……」

利雅は本を閉じ、顎を上げて雅遠を見下ろしながら、唾を飲みこんだ。一度ゆっくりと肩が上下し、息を吐ききったように見えたところで、ようやく口を開く。

「……ええ、せっかくですが、読むべきところはないようですね。私は日々、実際の政務に就いておりますので、特に目新しいことはないと思えますよ」

「そうか。噂ほどのものじゃなくて残念だったな」

「誠に噂というものは、不確実なものです」

雅遠に書物を返し、再び扇を広げたころには、利雅の顔色はほとんどもとに戻っていた。

「では――私はこれにて失礼いたします。これから式部卿宮のお屋敷での宴に招かれておりますので……」

「あー、またな。仕事頑張れよ」

文台に片肘をついたままで手を振ってやったが、利雅は振り向きもせず、足早に歩き去っていった。その後ろを、物陰に隠れていた女房たちがいそいそとついていく。

近くに誰もいなくなったところで、保名が大きくため息をついた。

「雅遠様もお人好しですよ。どうしてわざわざ書物をお貸ししようとするんです」

「あいつがいると面倒くさいから、これを貸してやれば帰ってくれるんじゃないかと思っただけだ。借りていかなかったってことは、本気で読みたかったわけじゃないんだろうけどな」

「……それにしては、変な顔されてませんでしたか？」

「してたな。いったい何だったんだか」

一瞬怒って顔が赤くなったように見えたが、気のせいだったろうか。雅遠は首を傾げて、書物を文台に置いた。

「私もその書は少し読ませていただきましたが、文章は読めても内容に何が書いてあるのか、さっぱりわかりませんでしたよ。蔵人ぐらいになると、見ただけでわかるようになるんですかねぇ」

「そうかもな」

あるいは――内容がどうであれ、利雅は、はるかに劣る自分から、書物を借りたりなどしたくなかったのかもしれない。まさか嫌みの種に話しただけの書物を、本当に持っているとは、思ってもみなかっただろう。

「噂というものは不確実なものです、か。……あいつも一応、それはわかってるんだな」

腹違いとはいえ、兄弟は兄弟だ。それほどにいがみ合う必要などないだろうと雅遠は思ってきたのだが、利雅のほうは、様々な噂の渦にすっかりのまれているのかもしれない。不確実なものだと、口では言いながら。

「——さて、と。歌を作るんだったな」

雅遠は散らばった歌集を拾い集めて、文台に重ね置いた。

「早くしてくださいよ」

「急かすな。余計浮かばなくなる」

「気持ちだけでいいんですよ、気持ちだけで。それらしく書いてあれば、相手は自分の気持ち次第で、好いように解釈してくれるものなんですから」

「俺はそういうはっきりしないのが嫌いなんだが……」

あまりここで手間取ると、白河に行く時間がなくなってしまう。かといって先送りにしたら、せっかく歌を送ろうという気分が萎えてしまう。

……変な歌は送りたくないしな。

桜姫に出逢う以前の、苦い思い出がよみがえる。相手が特に好きな女人でなくとも、自作の歌を笑われるのは結構な痛手だった。桜姫なら嘲笑うようなことはしないだろうが、おかしな歌をもらっても嬉しくはないだろう。

何か参考になるかと、雅遠は歌集を開いてしばらく眺めていたが、ふと、その中の一首に目を留めた。

「……保名、これどういう意味だ？」

「どれですか」

雅遠が指さした一首を見て、保名が、ああ——と声を上げる。

「これも恋歌ですよ。えーと……激しい川の流れのようにはやる心を、世間の目がせき止めている……というような。はやる心は世間の目なんかにせき止められはしない、という意味にもとれますけどね」

「ふーん……」

しばらくその歌を眺めていた雅遠は、金砂子（きんすなご）を散らした淡い桜色の料紙を一枚選び、筆を取った。

はたして桜姫は、喜ぶか呆れるか——


詞子は針を持つ手を止めて顔を上げ、御簾越しに外を見た。長雨が終わってから草木の伸びが勢いを増して、なかなか手入れが追いつかない庭は、まぶしいほどに青々としている。

衣替えの時季などとっくに過ぎているが、詞子は雅遠のために、薄く織り上げられた絹で袿を仕立てていた。これからもっと暑くなるから、急げば間に合うだろう。淡路と葛葉も、それぞれ詞子の新しい単と小袿を縫っている。

と――腹を見せて廂に寝転がっていた瑠璃がひと声唸って起き上がり、その横でもう少し行儀よく寝ていた玻璃も、耳を動かしながら目を開けた。

「あの、どうも……」

庭から聞こえてきた声は、保名だ。蹄の音が聞こえなかったということは、歩いてきたのだろう。淡路が首を伸ばして、返事をした。

「こんにちは。今日はお独り？」

「はい。あ、いいえ、主も後からすぐ来ると思うんですが……今日は私、文遣いで」

「え？」

葛葉がすぐに立ち上がり、簀子に出る。

「誰からの……とは、訊くまでもないですね」

「はい。これを姫君に……」

戻ってきた葛葉が手にしていたのは、小さな白い花をつけた紫草に結びつけられた文。

詞子は、思わずじっと眺めてしまった。

「……雅遠様が、わたくしに？」

「は、はい。そうです」

階のところに腰掛けて、保名が大きくうなずく。

「珍しいですねぇ、雅遠様が……。どうかされたのかしら」

「ちゃんとした文のようですね。見た目だけは」

あまりの意外さに、淡路と葛葉の感想も、実に正直なものになっている。

そう、見た目はまるで、恋文のようだが——

詞子は縫いかけの袿を淡路に渡して、葛葉から文を受け取り、慎重に結び目を解いた。

「……」

開いてみると、桜色の美しい料紙に、黒々とした墨で歌が一首、したためられている。

「たきつ瀬の……はやき心を……」

どこかで見た気がする歌だ。おそらく歌集の中で。

そして歌の脇には、どういうわけか、頭を抱えて何か考えこんでいる狩衣姿の男の絵が、小さく描かれていた。

「……何ですか、これ？」

淡路と一緒に詞子の手元を覗きこんでいた葛葉が発した疑問の声に、保名が慌てて頭を下げる。

「す……すみません。あの、私の主は本当に歌が詠めないんです！　本当に、何日考えても上の句のひとつも出てこないし、やっと歌のようなものができたと思ったら、さっぱり意味がわからないものだったとか……」

「……それで、歌集から？」

「あの、それが気に入ったようでして……気に入ったなら、せめてその歌をもとにして考えればいいものを、それもできないもので……」

主のために必死で言い訳をする保名に、淡路と葛葉が顔を見合わせる。

「……本当に苦手でいらしたのねぇ」

「さすが名前どおりの方ですね」

詞子は、雅遠から初めて送られた文を、じっと見つめていた。

金の砂子が散らされた桜色の料紙は、まるでいつかの——よく晴れた日の満開の桜に似て、おおらかで力強く、迷いのない手跡でしたためられた歌に、花の下のまっすぐな眼差しを思い出す。

「……雅遠様は、この歌を気に入られたの……」

世間の目になど負けはしない、激しい水の流れのような、恋心。……そんな歌を、選んでしまったのだ。

詞子は、小さく笑った。

きっとこの絵のとおりに、頭を抱えてさんざん悩んだのだろう。絵の上手な雅遠らしく、困りきった表情がよく描けており、おかしくて可愛らしい。

「……返歌をしたほうがいいかしら？」

御簾の向こうに声をかけると、保名は頭を振った。

「いえ――……その前に、もうそろそろ本人が来ると思いますよ。それに、せっかく返歌をいただいても、雅遠様が歌の意味を解くことができますかどうか……」

「……そうね」

詞子は紫草の花と桜色の料紙を手にしたまま、立ち上がる。

「保名さん、お遣い御苦労でした。――葛葉は保名さんにお水でも。淡路、その縫い物の続きは後にするから置いておいてね」

少し暑いから涼んでくると言って、詞子は釣殿（つりどの）に渡った。寝殿の西側から庭の池に臨んで張り出して造られた釣殿は、小さいながら、池から冷えた風が吹きこんで心地いい。

柱にもたれて座り、あらためて、雅遠からの文を開いた。

選ばれた恋歌と添えられた小さな絵に、自然と笑みがこぼれてくる。

……雅遠様らしいわ。

おそらく、自分から文を送ろうと思い立ったわけではないだろう。いまさら世間並みにする理由もないのだから。

それでも――これは詞子が生まれて初めて受け取った恋歌には違いなかった。

池の水面が弾いた陽射しが釣殿に揺らめく光を作り、料紙の砂子がちらちらときらめく。

詞子は文を胸に抱き、静かに目を閉じた。

やがて、衣擦れの音が聞こえてくる。

「……ここにいたのか」

詞子は目を開け、ゆっくりと声の主を振り仰ぎ、唇をほころばせた。

「おいでなさいませ」

「……うん」

雅遠はちょっと目を見張り、首の後ろを掻きながら、落ち着かない様子であたりを見まわす。

「ここの床板、直したのか」

「はい。有輔と牛麻呂が……」

「牛麻呂と朱華、すっかり居ついたな。筆丸もいい遊び相手ができた」

「おかげで淡路が困っております。朱華がなかなか女の子らしくしてくれないと……。

そのうえどなた様かが、朱華にまで蹴鞠を教えるお約束をなさったとか」

「……いや、やってみたいと言われたから、つい……」

口ごもる雅遠に、詞子はくすりと笑う。

「お掛けになりますか。いま円座を持ってまいりましょう」

「あ──いや、いいんだ、このままで」

雅遠は詞子の隣りに腰を下ろしたが、やはりどこかそわそわしている。

「で、その─……」

「はい？」

「……いや、何でもない」

ずいぶん歯切れの悪い雅遠に、詞子は安堵した。雅遠が詞子の手にある文を気にしているのは、目でわかる。気にしているということは、雅遠にとって、これが意味のないものではない、ということだろう。

「今日……とても嬉しいものをいただきました」

雅遠が、一瞬顔を強張らせる。

「……嬉しい？」

「はい」

はっきりと、詞子はうなずいた。

「一生にただの一度でも、恋歌をいただけるとは思っていませんでしたから……」

「……」

ほっと息をついた雅遠の肩から、ようやく力が抜ける。

「すまん。……自分で作るより、借り物のほうがまだましだと思えたんだ」

「でも、お気持ちはいただきました……」

詞子は紫草の花とたたんだ料紙に、そっと頬を寄せた。桜色の料紙からは、微かに馴染んだ香りがする。

まぶしそうに目を細め、唇を引き結び——雅遠が腕を伸ばして、詞子を掻き抱いた。

「……好きだからな」

耳元で、少しかすれた声でささやかれる。

「……はい」

「歌は借り物だが、そなたが好きだから書いたんだからな」

「ちゃんと意味のある歌を送ったのも、初めてなんだからな……」

「……はい……」

強く抱きしめられて、花と文が潰れてしまわないように大事に持ちながら、詞子は雅遠を見上げた。

唇が触れ合う。

悲しいのではないのに、泣きたくなる。

……お願い。ひとつ許して。

呪いの言葉を忘れたわけではない。己が宿命を捨てられるとも思っていない。でも、これほどまでに想ってくれるひとに、同じ言葉を返したい。

口にしてしまえば、なお縁が深くなってしまうかもしれないけれど。

詞子はうつむき、雅遠の肩に軽く額を預けた。

「好きです。……わたくしも」

たったひとりにしか聞こえないように、吐息に混じるほどの、小さな小さな声――

だが、雅遠は一瞬息をのみ、詞子の両肩を摑んだ。

「いま好きって言ったか？」

「……」

「なぁ、好きだって言ったか？　言ったよな？　言ったって言ってくれ！」

「い……言いました」

すごい勢いで返事を求められ、思わず詞子がうなずくと、途端に雅遠は満面の笑みで抱きついてきた。

「そうかそうか。うん。――よし、いつ結婚する？」

「……そのうち……？」

「なんだ、また先延ばしか」

そう言いながらも、雅遠は楽しそうに、声を上げて笑う。明るい、まるで今日の陽射しのような笑顔で。

詞子も、つられて微笑んだ。

「雅遠様、今夜は……」

「もちろん泊まっていくからな」

「……はい」

強く抱きしめてくる雅遠の胸に、詞子はそっと頬を寄せた。

忘れたわけでも、見捨てるわけでもないけれど、どうか、ひとつだけ、この幸せを許してほしい。

想うひとと一緒にいられる、このささやかな幸せを――

夏の夜の雨

日暮れ間近に降り出した雨が、次第に激しくなっていく。遠くからは雷鳴も聞こえ始めていた。昼間の暑さが、これでやわらぎそうだ。

床に腹ばいになり、両手で頬杖をついて御簾越しに雨を眺めていた雅遠は、ちらと傍らの桜姫を見上げた。

「雷が過ぎれば雨も止むだろうけど、止んでも帰らないぞ」

「はい。今日もお泊まりだろうと思いましたが……」

桜姫が、意味ありげに語尾を濁す。

その理由は、何となくわかっていた。雅遠はゆっくり起き上がると、わざと桜姫にくっつくように座り直す。

「四条に帰って独りで寝ても、物足りないんだよな。やっぱり桜姫が横にいないと」

白河に泊まったさい、桜姫が寝所にしている塗籠で並んで寝るようになって、どれくらい経ったか――

隣りにいてくれるだけでいいから一緒に寝てほしい、などと自分にしては控えめなことを言ったが、そんな殊勝な態度を保てていたのは最初のうちだけだ。

何しろ桜姫は可愛い。そして自分は、ただの俗物だ。

逢って、話して、一緒にいたいと思ったら抱きしめる。それを教えてくれたのは敦時だったが、そういえば、抱きしめたその先のことも示唆されていた。いまならよくわかる。桜姫を可愛いと思えば思うほど、その先のことを考えてしまうのだ。

そして、近ごろは桜姫もそれを察しているようだった。

こうして寄り添っているだけでその気配を感じとり、途惑いに瞳を揺らすほどに。

どうすればいいのかわからない――と、桜姫の表情は語っている。

どうもしなくていいのだ。ただ、応えてくれさえすれば。

遠雷が聞こえる。先ほどより、こちらに近づいてきているようだ。

「雨……案外、長引くかもしれないな」

「……ええ」

「そろそろ、休むか」

声が少し上ずってしまった。気づかれただろうか。

だが、桜姫は一瞬身を固くしたものの、小さくうなずいた。

雅遠は黙って桜姫の手を取る。

逸(はや)る鼓動を誤魔化してくれているかのように、雨音がいっそう強く響いていた。


――本書のプロフィール――

本作は、小学館ルルル文庫より刊行された「桜嵐恋絵巻　雨ひそか」に加筆・修正し、書き下ろし「夏の夜の雨」を加えたものです。

小学館文庫

桜嵐恋絵巻 雨ひそか

著者 深山くのえ

二〇二四年七月十日　初版第一刷発行

発行人 庄野 樹
発行所 株式会社 小学館
〒一〇一-八〇〇一
東京都千代田区一ツ橋二-三-一
電話 編集〇三-三二三〇-五六一六
販売〇三-五二八一-三五五五
印刷所 ―― TOPPAN株式会社

この文庫の詳しい内容はインターネットで24時間ご覧になれます。
小学館公式ホームページ　https://www.shogakukan.co.jp

ISBN978-4-09-407372-0